小学館文庫

口中医桂助事件帖

かたみ薔薇

和田はつ子

小学館

目次

主な登場人物

藤屋桂助…………〈いしゃ・は・くち〉を開業している口中医。先の将軍の御落胤。

鋼次…………〈いしゃ・は・くち〉に房楊枝を納めている職人。桂助の友人。

志保…………町医者佐竹道順の娘。桂助の幼なじみで〈いしゃ・は・くち〉を手伝っている。

藤屋長右衛門……桂助の養父。呉服問屋藤屋の主人。

お絹…………桂助の養母。長右衛門の妻。

お房…………長右衛門と絹の娘。桂助の妹。

佐竹道順…………元武士の町医者。志保の父。

岸田正二郎…………側用人。桂助の出生の証を握っている。

本橋十吾…………入れ歯師。元紀州藩士。

友田達之助…………南町奉行所同心。

金五…………鋼次の幼友達。友田達之助の下っ引き。

橋川慶次郎…………一橋慶喜。

第一話　五月《さつき》治療

一

小やみなく降る雨の日が何日か続いて、しばらくぶりに青空が覗《のぞ》いた。

「蕎麦《そば》の香りを無くさずに、ふわふわでモチッとしてなきゃいけないし――」

志保《しほ》はそばがき作りに余念がない。〈いしゃ・は・くち〉の八ツ（午後二時頃）であった。

「俺《おれ》が代わるぜ。木杓子《きじゃくし》を貸してみな」

居合わせた鋼次《こうじ》が見かねて手を差し出した。そばがきは蕎麦粉をこねて茹《ゆ》で上げたもので、蕎麦粉を水と混ぜて鍋に入れ、強火でひたすら練り上げるのがコツである。くれぐれも焦《こ》がしてはならない。

「わたしも手伝いましょうか」

治療処《どころ》から桂助《けいすけ》が厨《くりや》の様子を見に来た。

口中医の桂助が開業している〈いしゃ・は・くち〉には、町医者の娘志保が隣りあっている薬草園の世話をしに、元かざり職人の鋼次が定期的に房楊枝《ふさようじ》を納めに通ってきている。

たとえば薬草園の黄連《おうれん》や黄柏《おうばく》、山梔子《くちなし》等は発熱を伴う口中の化膿《かのう》には欠かせず、また木の繊維を房状にして用いる房楊枝は、虫歯や歯草《はくさ》と呼ばれる歯周病の予防、治療になくてはならない代物《しろもの》であった。

「何だ、桂さん、もう、治療は仕舞いかい？」

鋼次が目を丸くした。

「雨が上がると不思議に患者さんの足が遠のくものなのです」

「そんな具合で大丈夫なのかい？」

鋼次の顔が曇った。

「はて――、このところ、江戸市中では、開業する口中医が跡を絶ちませんからね」

桂助は大袈裟《おおげさ》に眉根《まゆね》を寄せた。

「つまり、あがったりってことなのか」

鋼次は蕎麦粉を練る手を止めると、うーんと両腕を組んだ。

「代わりましょう」

桂助は鋼次の手から木杓子を取り上げると、器用な手つきで一定方向に練り続けた。

一人暮らしの桂助は、口中の治療以外にも、長崎遊学時代に覚えたタルタ（タルト）やクウク（クッキー）等、菓子作りや料理も好きでこなしている。

するると突然、志保がぷっと吹き出した。

「凄《すご》いわ、桂助さんの役者ぶり」

「いってえ、どういうことなんでえ?」

鋼次は腹を抱えて笑っている志保と、鍋の中のそばがきのタネに、じっと見入っている桂助を交互に見て首をかしげた。

「勝手口でした音と鋼次さんの声で、表から入ってきてないってわかってて、今みたいなこと言ったのよ」

志保は鋼次を見て、

「ごめんなさい、まだ、可笑《おか》しくて」

また笑った。

「いつもみたいに表から入ってくれれば、ここがあがったりだなんて思わなかったはずよ。〈いしゃ・は・くち〉の門札の下に、〝本日は都合《つごう》により八ツまで〟っていう貼紙《はりがみ》があったはずだから」

「何だ担いだのか」

鋼次は不機嫌になるどころか、驚きの気持ちが強かった。

――桂さんが人を担ぐだなんて、変わりに変わったもんだな――

「担いでなんていませんよ」

涼しい顔をして桂助は、一かたまりにしたそばがきのタネの中央を、木杓子でずいずいと押し始めた。すでに火は弱火である。

「あがったりだなんて言ってませんし、口中医の数が増えているのは事実です」

――このあたりは、一見桂さんらしい理詰めの屁理屈《へりくつ》だが、なかなかの惚《とぼ》けっぷりだなあ――

「桂さん、いいよ。面白《おもしれ》え」

思わず鋼次は手を打った。

――桂さん、ここへ来て、やっと重石《おもし》が取れたのかもしんねえ――

口中医になる前の桂助は老舗《しにせ》の呉服問屋藤屋《ふじや》の跡継ぎであった。ところが実父は前将軍であり、その証《あかし》である、父と同じ鬼っ子歯を持って桂助は生まれた。鬼っ子歯は〝花びら葵《あおい》〟と称され、権力の座を狙う悪徳商人岩田屋《いわたや》が、桂助の身柄とともに奪おうとして多くの血が流された。

――岩田屋の悪の手は俺たちや藤屋さんにまでも伸びた。桂さんがどれだけ心を傷《いた》めたかしんねえ。だから、岩田屋があんなことになった時は、よくねえことだとは思ったが、俺は心底ほっとしたぜ――

　岩田屋は桂助を次期将軍に据え、自分は後ろ楯《だて》になるという大願成就《じょうじゅ》を目前に卒中死し、その野望は潰《つい》えた。桂助は何のためらいもなく、〝花びら葵〟である己の鬼っ子歯を火にくべて灰にした。

　――ああならなかったら、桂さんは一生、岩田屋のからくり人形のままだったろう。俺も二度と桂さんと会えなかったかもしんねえ――

　鋼次は運命のいたずらを今更のように死神に感謝した。鋼次は三人兄弟の二番目だが、桂助と共に、降り掛かる数々の困難を乗り越えてきた今は、もはや、桂助が血を分けた兄弟以上の存在に思える。

　――志保さんも危ねえ目に遭《あ》ったけ。こうやって、三人が雁首《がんくび》ならべて、そばがきを食えることを有り難《がて》えと思わなきゃ、罰が当たるな――

「出来ましたよ」

　桂助がそばがきのタネを木杓子で持ち上げた。ここで、タネが落ちてくるようなら練りが足りないのだが、見事なまでに、桂助の持ち上げた木杓子にしがみついたままであった。

「よっ、藤屋桂之丞《けいのじょう》」

　鋼次は市村《いちむら》座で人気の歌舞伎《かぶき》役者、沢田圭之丞《さわだけいのじょう》をもじって、掛け声をかけた。

　すると、

「あら、まあ、桂之丞？」

　志保はまた吹き出しかけて、

「ああ、幸せな気分」

　ぽつりと洩《も》らした。

「ほんとだな」

　思わず鋼次も相づちを打った。

「さて、次は――」

　桂助は火から鍋を下ろすと、木杓子を濡らして志保に渡した。

「形をお願いします」

　志保は丸いタネを大きな深皿に移すと、木杓子を巧みに使って、手早く木の葉形と葉脈を形どった。ここへ別に作った蕎麦湯を注ぐ。そばがきの木の葉が池の水に浮いているように見えた。

「箸や皿は俺が持ってく」

「お茶はわたしが淹《い》れます」

　こうして、三人は座敷でそばがきに舌鼓《したつづみ》を打つことになった。大きな木の葉が三等分される。

「幸せ、ここに極まれりですね」

真顔《まがお》で桂助は二人の目を交互に見た。

「そばがきで幸せじゃあ、幸せが安すぎるけどな」

鋼次は照れくさくなってそんな言い方をしたが、その目は頷《うなず》いている。

「幸せすぎて怖いわ。幸せに後ろ髪は付いてないって言いますからね、せいぜい、大切にしなくては」

志保は神妙な顔をした。

そばがきのタレは好みによる。桂助は白身魚の刺身のタレにすることの多い煎《い》り酒を、鋼次は山葵醤油《わさびじょうゆ》を、志保は黄粉《きなこ》と各々が好みに従った。

「珍しいぜ」

鋼次が箸を持つ手を休めて、志保の皿を覗き込んだ。

「そばがきに黄粉ってえのは、はじめて知ったぜ」

「実はこの食べ方、皐月庵《さつきあん》さんに教えてもらったのよ。お餅に黄粉もいいけれど、そばがきに黄粉もおつなものよ。蕎麦と黄粉、両方の風味がとっても香ばしい」

「皐月庵って、あの蕎麦屋の皐月庵の爺《じい》さんかい？」

「そう、そう。十日ほど前だったかしら？　皐月庵さんのご主人の喜八《きはち》さんが、頰《ほお》を腫《は》らした上、ひどい熱で、ここへ治療にみえたの。このそばがきに使った蕎麦粉はその時、いただいたものなのよ」

「襲われた時の河豚《ふぐ》みてえになって、くらくらするほど熱が出てたっていやあ、相当、歯が悪くなっちまってたんだろうな」

鋼次は顔を顰《しか》めた。

——そもそも、俺と桂さんが出会ったのも、俺の顔が河豚みてえになって、よろけて道を歩いてたからだった——

桂助との出会いがなつかしく思い出された。

かつて鋼次は指に塩を付けて歯を擦《こす》っていただけで、房楊枝を使っていなかった。虫歯が進んで痛みのためいよいよ眠れなくなったら、僅かな銭を払って、居合い抜きの大道芸人に刀と一緒に歯を抜いてもらうものと思っていた。

歯抜きなど一時《いっとき》の我慢で、抜いてしまえばけろりと忘れると信じていたのである。

——あの時は正直、余計な節介《せっかい》だと思ったぜ——

冬のある日、鋼次は白い襷《たすき》をかけた居合い抜きの浪人の前の列に並んでいた。

——覚悟はしてたが、それでも、あれにはびびったな——

居合い抜きの刀がぎらりと光って抜かれると、鞘《さや》と抜く歯を結んだ糸がぴーんと張り、ぎゃあああというもの凄い悲鳴が上がって、糸で結んだ虫歯が宙を飛ぶ。

——けど、痛いのは一時、一時、神様、仏様、おっかさん、おとっつあん——

苦しい時の何でも頼みを心の中で繰り返していると、

「あなたが今、歯抜きをすると命にかかわります」

小袖に袴《はかま》を着けた侍《さむらい》とも町人ともつかない姿の若者に声をかけられた。

二

「かまわねえでくれ」

そう応《こた》えたように思う。

すると相手は、

「わたしは湯島《ゆしま》聖堂のさくら坂で開業している口中医藤屋桂助と言います。先ほどから、あなたが歩いてここへ並ぶ様子を見ていました。よろけていたのは熱があるせいでしょう」

右手を鋼次の額に置いた。

「火のような熱さです」

「この寒さだ。おおかた風邪《かぜ》でも引いたんだろうよ」

「あなたの歯は膿《う》んでいます。膿《うみ》を出してから歯抜きをしないと、むしばの毒が身体《からだ》中にまわって取り返しのつかないことになります」

「たかが、むしばだ。まさか、命を取られるなんてことはねえだろう」

「それは何とも──」

桂助の表情が翳《かげ》った。

「そうなることもあるってかい？」

さすがに鋼次もぎくりとした。

「歯抜きをわたしに任せてくださいませんか」

「けど、口中医は高《たけ》えと相場が決まってる。俺には払えねえぜ」

「治療代はお気持ちで結構です」

そこへまた、悲惨な悲鳴と共に糸で結んだ虫歯が飛んだ。歯抜きを終えた者の口中からは血がたらたらと流れ落ちている。

「そうか、それじゃあ──」

こうして鋼次は知り合ったばかりの桂助の患者となり、化膿していた歯肉の治療を経て、無事、歯抜きを終えた。

「膿んでいる歯はすぐに歯抜きできないので、皐月庵さんの歯抜きは今日、これからなのです」

「八ツ半（午後三時頃）に皐月庵さんがお見えになるのよ」

三人がそばがきを食べ終わった頃、

「お邪魔《じゃま》しやす」

戸口で喜八の声がした。桂助は治療処で喜八と向かい合った。

「すっかり腫れは引いたようですね」

「いただいたお薬を欠かさずに煎《せん》じて飲んでましたんで」

化膿した歯から膿を除いた後には、解毒《げどく》効果のある升麻《しょうま》と竜胆《りゅうたん》の煎じ薬がよく効いた。

「痛みが取れているというのに、顔色が優れませんね」

「実は少々、歯抜きが怖くなりやして。いっそ、抜くのは止めにしようかと昨日からずっと迷ってました。それでも、先生が膿を出してくだすった時、よくなるのは一時で、また、いずれ、膿が溜まって痛くなるだろうとおっしゃったことを思いだし、重い足を引きずってきたんでさ」

　喜八はきまり悪そうに苦笑いした。

「なにぶん、初めての歯抜きなものですから。歯が痛くて痛くてどうしようもなかった時は、この痛みさえ止めてくれるなら、頭をかち割ることだってできると思えたのに、すっかり意気地《いくじ》を無くしちまいやして――」

　すると、そこへ、

「あんた、心配はいらねえよ」

　ひょいと鋼次が顔を出した。

「俺は房楊枝職人の鋼次ってえ、どうってことのねえもんだが、ここの桂助先生はお江戸きっての歯抜きの名人なんだよ」

「鋼さん」

　桂助の目に困惑の色が浮かんだ。

「桂助先生の歯抜きはね、そんじょそこらのものとは違うんだ。やたら、歯を叩いて引き抜くんじゃやねえ」

「叩いて抜く、引き抜く――」

　呟《つぶや》いた喜八の顔が青ざめていく。

「鋼さん、駄目だ」

今度は厳しい口調で止めると、

「これが歯抜きの道具です」

桂助は木槌《きづち》と小さな鋏《やっとこ》によく似たものを相手に見せた。

「木槌で歯の根元を叩いてから抜くと、痛みはかなり少ないのです」

「叩かれるのも引き抜かれるのも、痛そうですが」

喜八の顔は青いままである。

「今はちいとも痛くねえんですよ」

――俺もこの爺さんと同じこと言って、ずいぶん、桂さんを困らせたもんだった

――


「桂さん、あれあれ――」

鋼次は黙っていられない。

「千両役者みてえな歯抜きの仕掛け」

「やっぱり、まだ、恐ろしげな道具があるんだね」

思わず、身構えた喜八に、

「道具を使う前にこれを抜く歯の歯茎に塗ります」

桂助はそばに置いてあった乳鉢を引き寄せた。

「烏頭《うず》と細辛《さいしん》を擂《す》り混ぜたものですが、かなり強く歯茎を痺《しび》れさせるので、これで痛みはさらに薄らぎます」

「ほんとだぜ」

鋼次は桂助の代わりに胸を張った。

「ほら、見てみろよ」

喜八の前で大口を開けると、歯抜きの後、空になっている奥歯のあったあたりを指差した。

「俺も歯抜きは、一時の辛抱《しんぼう》とはいえ、痛てえもんだとばかり思ってたが、桂さんとこでやってもらったら、ふーっと気が遠くなったとたん終わっちまったんで、驚いたんだぜ」

「ほんとうだね」

いくらか顔色のよくなった喜八は念を押した。

「あたぼうよ」

鋼次は固めた拳《こぶし》で胸を叩いた。

「江戸の歯抜きは〈いしゃ・は・くち〉の藤屋桂助に任せてくれってえのさ」

こうして励まされて、いよいよ喜八の歯抜きの本番となった。まず、烏頭と細辛等の麻酔薬をしみ込ませた糸を、歯と根の間の歯肉に押し込むという方法で、塗布《とふ》麻酔を施した。

喜八は道具を見るのが怖くて、口を開けたまま、ずっと目を閉じていた。柔らかでよく動く桂助の指の感触があった。喜八が一から七まで心の中で数えたところで、

「はい、抜けました」

桂助の声が聞こえた。

「えっ？」

目を開けた喜八に、桂助の指に摘《つ》まれている黒ずんだ自分の奥歯が見えた。

「これがあなたを苦しめていたむしばです」

「だって、先生、それじゃあ――」

喜八は近くに置かれている木槌などの歯抜き道具を見つめた。血の痕《あと》などは見当たらず、使われた様子はない。

「あなたの歯は根が浅く、道具を使わずに抜くことができました」

「あ、ありがとうございます」

一気に喜八の顔に血の気が戻った。

「歯抜きをしたというのに、うんともすんともない。これならすぐ、打った蕎麦の味見ができる。味見ってえのはね、お客さん方がやるようにたぐるんじゃなくて、茹でたてを噛《か》んで、蕎麦の風味がいい塩梅《あんばい》かどうかを、きっちり確かめるものなんです。いやはや、先生は名人どころか、歯抜きの神様ですよ」

「すぐに飲んだり、食べたりは駄目ですよ。抜いた痕の血が固まってかさぶたになるまでは気をつけてください。歯抜きをした痕は、手や足に怪我をして血が出た時と同じですから」

「わかりました」

「それでは痺れ薬の効き目が弱まるまで、ここで休んでからお帰りください。煎じ薬は引き続き化膿止めを出しておきます」

　桂助が立ちあがりかけると、

「ちょいと、あんたに訊《き》きてえことがあるんだよ」

　鋼次は言って、そのまま居座る様子である。それで、桂助は手を洗いに一度立って戻ってきた。

「下っ引きの金五《きんご》は俺の弟分で、同じ長屋に住んでる。その金五が時折、あんたの名前を口に出すんだ。こんな時、皐月庵の喜八さんでもこう言うだろうとか、きっとああするだろうとかって。たいてい、他人《ひと》のためになってる人のことを話す時なんだよ。俺たちのけむし長屋がある本郷《ほんごう》と、あんたの店のある神田佐久間町《かんださくま》では、どう考えても、親の代から近所づきあいがあるとも思えねえ。金五は蚊《か》とんぼみてえに手足が細くて長え癖に、長え蕎麦はてえして好きじゃねえし。あんたと金五はいってえ、どういうつきあいなのか、ずっと気になってたんだ」

「うちの蕎麦だけは好きだったと言って、話を終わりにしたいところだね」

喜八は緊張した面《おも》持ちになった。

「そうじゃ、ねえんだろ?」

「金五について何か気になることがあるのかい?」

喜八は問い返してきた。

「このところ、ことある毎《ごと》に、〝おいらだけ、こんな幸せでいいんだろうか〟って、繰り返してるんだ。金五は飴《あめ》売りもやって、ばあちゃんと暮らしてる。下っ引きなんざ、小遣銭にもなんねえ。それなりにはおまんまが食えるんだから、幸せっていやあ幸せなんだろうが、悩むほどの幸せとは俺には思えねえ。どういうことだって訊いても、〝兄貴にはわかんねえや〟の一点張り。そう言われちまうと、もう、かまうこともねえって腹も立つが、よくよく思うと、金五ってえのはさ、俺の他にそうそう友達もいねえ奴《やつ》だから、気になってさ。それで、時折、あいつの重い口から出るあんたなら、金五がくよくよしてる理由《わけ》を、知ってっかもしんねえと思ったんだ」

三

「鋼次さんとやら、あんたはとことんあの金五を思いやってくれてるんだね。歯抜きの神様だけじゃなく、あんたにまで会えて今日はいい日だ」

喜八は目をしばたたかせた。

「年齢《とし》を取ると涙もろくていけませんや」

手巾《てぬぐい》で目頭を拭《ぬぐ》ってから、

「金五が両親《ふたおや》に死に別れたのは知ってるね」

「ばあちゃんと俺の長屋へ引っ越してくる前だってね」

「金五の生まれた家は本所竪川《ほんじょたてかわ》の炭薪《たんしん》問屋なんですよ。本所の竪川沿いは炭薪問屋の多いところだ。金五の家も大店《おおだな》のはしくれだった」

――ひえーっ、驚いた。よりによってあの頼りねえ金五が生まれた時、大店の若旦那だったとはね。そうか、生まれが生まれだから、おっとりしてて頼りねえのか――

「商《あきな》いが左前になったところへ来て、両親が流行病《はやりやまい》で死んだのかい？」

これならよくある話であった。

「両親は死んだんじゃない。両国《りょうごく》へ花火見物に行って神隠しに遭ったんだ。小さかった金五は、なついていたばあさんと一緒に留守番をしてた。商いはその時、主《あるじ》がのるかそるかの勝負に出ていた。これを仕切る者がいなくなったんですから、当然、この後は左前になった」

「その後、ご両親の行方《ゆくえ》は？」

桂助が口を挟むと、喜八は黙って首を横に振った。

「それでは金五さんは、自分が両親に捨てられたと思い込んでしまったでしょうね」

桂助は感慨深げに言った。

――桂さんも、おとっつぁんが先の上様《うえさま》だってえだけじゃなく、大奥勤めだった実のおっかさんも、桂さんを生むとすぐに京へ帰っちまった。どっちの顔も知らねえんだった――

「その上、両親が消えちまったせいで、長屋住まいに落ちぶれたとなりゃあ、誰でも気持ちが荒《すさ》みます。金五もそうでした。悪い仲間に誘われて、さんざん悪さをしていたんです」

「あの金五がかい？」

鋼次にはとても信じられなかった。

「あいつのことはガキの頃から知ってるが、そんなことをしでかす度胸があったように見えたことは、一度もねえぜ」

「金五は根っからのばあさん想いだ。ばあさんが昔とった杵柄《きねづか》で廻り髪結いをしながら、自分を育てたってことはよくわかってる。だから、あの頃、ばあさんの贔屓《ひいき》先の近くでだけは、悪い虫を暴れさせないようにしてたんですよ」

「悪さってまさか――」

十両盗めば首が飛ぶと言われていた頃である。

「うちが店先に並べていた新蕎麦を、金五がかっぱらおうとしたのを見つけて止めたのが俺だった。投げやりな暗い目をしてやしたね。そんなに食いたければ、食いたいだけ食わしてやろうと言って、蕎麦を茹でてやったのを、あいつはそう美味《うま》そうでもなく、黙って食ってましてね。〝見かけたところ、たいして蕎麦好きでもなさそうだし、蕎麦なんぞ、かっぱらったところで大した金にならないぞ〟と話しかけると、〝ばあちゃんが新蕎麦を好きなんだ〟とぽつりと応えた。それがきっかけで、金五と深い話をすることになったんですよ」

新蕎麦は仲秋《ちゅうしゅう》の頃から市中でもてはやされる江戸の味で、薄緑の色もよし、しなやかさもあって、香りも高く美味とされていた。

「〝おまえ、このままやさぐれてこんなことばかり続けていたら、いずれお縄になって、首を刎《は》ねられることになる。そうしたら、ばあちゃんがどれだけ悲しむかしれないぞ〟と俺は諭して、〝何をしたいのか？〟と聞くと、〝わからねえ〟と答えるんで、〝どうだ、それがわかるまで、うちで蕎麦打ちの修業をしてみないか？　ばあさんが蕎麦好きなら、美味い蕎麦を食わしてやれるじゃないか〟と持ちかけた。金五はそうするともしないとも言わなかったが、次の日から通ってきた」

「金五に蕎麦ねえ――」

――いくらばあさんが蕎麦好きでも、本人が好きじゃねえと、そうそう、長く精進《しょうじん》はできねえもんだ――

「まあ、新蕎麦をかっぱらおうとした時よりは、多少ましになったもんの、それでも金五の顔は晴れなかった。これじゃ、またぞろ悪い仲間のところへ舞い戻るんじゃないかと、俺は気がかりで、〝おまえは何がいったい好きなんだ？〟と聞くと、〝目に見えたことをくわしく覚えること〟だとさ。なるほどと思ったよ。蕎麦の薬味に使うさらし葱《ねぎ》や乾し鰹《かつお》について、どれだけ小皿に盛ったか、およその数まであいつは覚えてるんだよ。その日初めての客からずっと――。これには驚いたね。苦労して覚えようとしてるんじゃねえ、ぱっと目に焼き付いたままを覚えてるっていうんだから凄い。その頃、客の一人に湯島の岩蔵《いわぞう》親分がいて、この話をすると、〝薬味だけじゃなく、客の顔まで覚えてられるなら、これは御用の向きに使い途《みち》がある〟と言いなすった。殺しなんぞの下手人《げしゅにん》を探すには、骸《むくろ》のある現場を出来る限りくわしく覚えていることが何よりだそうだ。それで〝客の顔はどうだい？〟と金五に確かめると、〝変だと思われるから口に出さなかった〟と言いながらも、やっぱり、最初の客からずっと、紙に描いて見せてくれた。絵描きの腕もなかなかのものだった。何なら、昨日の客の顔も描くことができると言う。これを俺が岩蔵親分に伝えて、金五は下っ引きのお役を頂戴《ちょうだい》することになったのさ。下っ引きは誉《ほま》れだが、食ってはいけねえだろうと、俺は飴売りの知り合いに頼んで、金五に仕事を回してもらうことにした。食べ物で好きなのは、三度の飯より飴で、ついでに子どもも好きだと金五は言ったからだ」

――金五が子どもまで好きだったとは――。ともあれ、あの金五が下っ引きになるのに、そんな経緯《いきさつ》があったとは知らなかった。けど、俺と桂さんだって今こうして縁があるのは、あの日、たまたま大道で出遭ったからなんだし、人と人の縁ってえのは不思議で深《ふけ》えもんだな――

鋼次はしみじみと思った。

「すると、立ち直った金五さんが気にしているのは、悪の道へ逸れたままになる若者たちのことですね」

桂助は金五の優しさを感じた。

鋼次は熱いものがこみ上げてきた。

「まあ、そうだろうね。俺はもう何年も、金五みたいな奴を見つけたら、何とか、悪さから足を洗わせようとしてる。もっとも、俺の出来ることなんぞ知れたもの、〝どうだい？　かっぱらいをしたり、人を脅して銭を巻き上げるのを止めて、うちで蕎麦を打ってみないか。気がすっとするよ〟と持ちかけるだけだが——。とはいえ、働くことの楽しさを教えて立ち直らせ、蕎麦屋の屋台を引かせて、お天道様《てんとう》に恥ずかしくないようにさせられるのは数える位だよ。それもこのところ、数が減ってきてる。悪の道へ誘い込むごろつきの親玉が、あの手この手で、一度網にかけたが最後、尻の青い奴らを逃がさないようにしてるんだ。自分たちの悪事がバレた時、いの一番にお上に差し出して、刎ねさせる首を揃《そろ》えておくためだ。むかっ腹が立つったらねえ。こんなことでいいのかと、俺も時折、金五と同じような心持ちになる」

歯の痛みのためではなく、顔を顰めた喜八は深いため息をついた。

この日、家に帰った鋼次は金五が飴売りから戻ってくるのを待った。

房楊枝作りで親兄弟を養っている鋼次は、隣り合わせに仕事場を借りている。そこで金五ともども好物である富《とみ》きんの金鍔《きんつば》を買って、一つ二つ食べ終えたところで、

「兄貴がおいらに用があるって、ばあちゃんから聞いたんだけど」

金五が油障子《あぶらしょうじ》を開けた。

相変わらず、細い手足がすいーっと蚊とんぼのように突き出ていて、どこか弱々しく頼りなげに見える金五であった。決して不細工ではなく、むしろ整った顔立ちなのだが、道行く娘たちに騒がれるようなことはなかった。

「おまえ、まだ白狐を演《や》ってるのかよ」

金五は顔中汗まみれである。

溶かした飴を練って、一瞬の間に干支《えと》等に仕上げる飴細工は人気だが、見えたものを残らず覚える力を除くと、金五にこれといった特技はなかった。ただの飴売りでは子どもは喜んでくれないので、白狐の格好《かっこう》をして踊って売るのが金五の十八番《おはこ》であった。

「うん」

「まあ、金鍔でも食え」

「兄貴、ありがとう」

金五は金鍔に手を伸ばした。飴だけではなく、甘いものに目がないのである。

「実はな――」

鋼次は喜八から聞いた話をした。

「恥ずかしい」

金五はぽつりと洩らした。

「余計なことを聞いて悪かったかい？」

「いいや、他の人たちには知られたくないけど、兄貴だけには知っててほしかった。だからよかったよ」

「どうして俺だといいんだ？」

「おいらがまた、道を逸れそうになった時、兄貴なら叱ってくれるだろうから。もう、おいら喜八さんに心配かけたくないし、それと今、喜八さんのことで、心配でならないことがあるんだ」

「そりゃあ、また、どんなことでえ？」

「前はそんなことなかったんだけど、前のおいらみたいな連中を、喜八さんが立ち直らせようとしてるのが気に入らなくて、ごろつきたちが、皐月庵に脅しにくるようになってる」

「そんな話はしてなかったぜ」

「性根《しょうね》が据わってるから、喜八さんは泣き言《ごと》が嫌いなんだよ」

「それにしちゃ、ずいぶんと歯抜きは怖がってたぜ」

「たとえ兄貴でも喜八さんの悪口は許せない」

金五はいつになく強い目で鋼次を睨《にら》んだ。なかなか凄味《すごみ》があるだけではなく、凜々《りり》しく男らしい。

「おめえのそんな目、初めて見た」

――こいつ、やさぐれてた時はこんな目で人を脅してたのかもしれねえが――

その時は女たちにちやほやされたのではないかと、鋼次は危うく軽口を叩きそうになった。

「わかったよ。喜八の歯抜きの話はもうしねえ」

「おいらも兄貴に楯突《たてつ》くの初めてだ。まだ、どきどきしてる」

金五はいつものふんわりとした表情に戻った。

四

何日か過ぎて、側用人《そばようにん》の岸田《きしだ》正二郎《しょうじろう》が久々に〈いしゃ・は・くち〉を訪れた。

岸田とのつきあいは桂助が生まれ落ちた時から始まる。

前将軍の正室が江戸に下る時、つき従って京から来た桂助の母と、父前将軍との恋は許されぬものであった。

それゆえ、桂助の母が秘密裡《り》に出産を済ませると、岸田は生まれ落ちた桂助を知り合いの呉服問屋藤屋長右衛門《ちょうえもん》、絹《きぬ》夫婦の養子としたのである。

「あの時、岸田様の御家では父上様が亡くなられたばかりで、まだお若かった岸田様が跡を継がれたばかりでした。岸田様が宝物を捧げ持つかのように、おまえを抱いて藤屋に来られた、あの夜のことは忘れもしません」

養母の絹はその話をすると、決まって涙ぐんだ。

「苦虫《にがむし》を噛《か》みつぶしたような顔つきのあの岸田に、若かった頃があるなんて、とうてい、俺には信じらんねえ」

鋼次の岸田評は手厳しい。

「たしかに岸田だって、根は悪い奴ではねえかもしんねえよ。けど、側用人ってえお役は、ようは上様じきじきの茶坊主《ちゃぼうず》みてえなもんだろ。始終、上様や老中なんかの機嫌を伺《うかが》ってるのが仕事だっていうじゃねえか。八方美人さ。とことん、信じられる奴でなぞあるもんか」

桂助やその周囲の者たちが、岩田屋の野望に翻弄されていた間、頼りのはずの岸田が敵か味方かわからなくなったこともあった。とかく、政《まつりごと》は魑魅魍魎《ちみもうりょう》が動かしていて、これに関わる者たちの動きは複雑怪奇であった。

「〝花びら葵〟も灰になって消えちまったことだし、俺はもう、桂さんは岸田なんか相手にしねえ方がいいと思うよ」

そんな鋼次の言葉が聞こえるはずもなかったが、このところ、しばらく、岸田は姿を見せなかった。

この日、前触れもなくやってきた岸田は、居合わせている鋼次と目が合うと、

「弟も元気なようだな」

さらりと言ってのけた。

弟というのは、桂助がどうしても付いて来ると言って聞かない鋼次を、岸田に引き合わせるための方便《ほうべん》だった。岸田は鋼次が弟などでないと知っているにもかかわらず、

鋼次のことを弟と呼び続けてきた。

桂助に弟と呼ばれるのはこそばゆい反面、うれしかったが、

——岸田にこういう呼び方をされるとむかつく——

「よくおいでになりました」

頭を深く下げた志保を横目に、鋼次はぷいとそっぽを向いた。

「口中を診《み》せに参った」

岸田は治療処で桂助の前に座った。

「お久しぶりでございます」

桂助は一礼して、

「口中に何か変わりはございましたか？」

前にも岸田は治療に訪れたことがあった。

「口を開いてください」

桂助は岸田の口中を診た。

「以前と変わりなく、むしばも歯草も見当たりません。おもとめいただいている房楊枝が役立っているものと思われます」

歯草とは歯周病のことである。桂助は年齢を重ねると罹《かか》りやすくなる歯草の予防に

と、岸田に房楊枝を勧《すす》めたのであった。以来、岸田の家の中間《ちゅうげん》が日を決めて、〈いしゃ・は・くち〉へ通い、鋼次の房楊枝をもとめていく。

聞き耳を立てていた鋼次は、

――そうだった。岸田とのつながりは俺の房楊枝だった――

桂助が岸田と縁を切れないのは自分のせいのような気がしてきた。

――むしばや歯草じゃねえのに、岸田がじきじきやってきたのは何かある――

やきもきしていると、なぜか、くしゃみがはっくしょんと出て、にやりと笑った岸田はこほんと一つ咳払《せきばら》いをした。

「どうやら、弟は退屈しているのではないか」

「そちらは、弟とわたしにおっしゃりたいことがおありのようですね」

「春は短いからよい」

――どういう意味でえ？――

「もし、のどかな春の陽気が長く続いたとしたら、あまりに心地よくて、人は皆、これほど勤勉に働かなくなるだろう。だが幸い、春のよい時期は短い。次に洪水が案じられる雨ばかりの梅雨《つゆ》がくる。そして、じりじりと陽《ひ》が照りつけるので日照りを心配するか、もしくは、陽が当たらず作物が実らないで、沢山《たくさん》の人たちが飢え死することもある夏が来る」

「世の中は広いという意味ですか」

「左様。口中の治療に勤《いそ》しみ、四季の移り変わりを愛《め》でて楽しむ日々も悪くはない。だが、それでは日常に埋もれて暮らすだけだ。何かが足りない。そなたは尊い血を受け継いで生まれついたことを忘れてはならぬ。人の口中を診て、一生を終えるのは惜しい」

　岸田はじろりと桂助を見据えた。

「岸田様はわたしたちにお役目を下さるおつもりですね」

「さすがだ。察しがいい」

　――何だ、桂さん、まんまと岸田の思う壺《つぼ》に嵌《はま》っちまったじゃねえか――

「しかし口中医はわたしの天職。辞《や》めるわけにはまいりませぬ。それを辞めてまで、あなた様のお役目を受けることはできかねます」

　桂助はきっぱりと言い切った。

「早まっては困る。何もわしはそなたに口中医を辞めろと申しているのではない」

「ではどんなお役目なのでございましょうか？」

「たしかにそちには口中医の才があるが、それだけではなかろう。奉行所や岡っ引きたちでは突き止められなかった、難事件の真実に迫る力がある。今までの行いがその証だ。是非《ぜひ》とも、その力を使ってもらいたい」

「それはお上のお役目に加われということですか？」

――〝わたしたち〟と桂さんは言ったから、俺も入るんだろうが、俺たち、この先、奉行所勤めになるのかよ。桂さんは口中医にして定町廻《じょうまちまわ》り同心、俺は房楊枝職人が内職の岡っ引き、まあ、悪くもねえか――

鋼次は岡っ引きが何かというとひけらかす、あの金五でさえも得意そうな顔になる、十手に少々、憧れていた。

「それには及ばぬ。わしのやって欲しいと頼む事件について、謎を解いて、真実や下手人を突き止めてくれればよい。誰もが歯痛には悩まされる。身分は口中医のままが格好だ」

――何だ。それじゃ、十手を持たせてはもらえねえ――

「岸田様がじきじき、指図される事件となると――」

桂助はそこで言葉を止めて、じっと岸田を見つめた。

「そうだ。すべてではないが、事件の背景に政が関わることもある。その覚悟で真実を突き止めてもらいたい。そちたちの役目はそこまでだ。後の始末はこちらがやる」

──政だって？　後は立ち入るなって？　どっちも闇みてえによくわかんねえ話じゃねえか、真《ま》っ暗《くら》闇はもう真《ま》っ平《ぴら》だぜ──

当然桂助もそう感じて断るはずだと、鋼次は思っていたが、

「わかりました」

桂助はあっさりと頷いた。

──何で、桂さん、また、厄介事《やっかいごと》を引き受けちまうんだよ──

思わず鋼次は唇《くちびる》を尖《とが》らせた。

「それでは早速、役目を果たしてもらうことにする。くわしい話は明日、弟と屋敷へまいれ。その時に話す」

桂助が戸口まで見送って戻ってくると、

「桂さん、生まれた時から岸田とつきあってきた桂さんが、あんな奴でも兄貴みてえに思ってて、満更《まんざら》、無下《むげ》にできねえのはわかるけど、政なぞの匂いのする仕事はやんねえに限るぜ。今ならまだ、岸田からくわしい話を聞いてねえから間に合う。断ってくれよ、この話。お願げえだ、この通り──」

鋼次が座敷の畳に頭をこすりつけた。

五

「わたしは岸田様に頼まれたから引き受けたのではありません。今までわたしのしてきた謎解きの多くは、自分の身に降り掛かってきた火の粉を払うためでした。岸田様がわたしを見込んでくださるというならば、自分のためにではなく、人のために謎解きをしていきたいと思っています」

「自分がまた危ねえ目に遭ってもかい？」

「岸田様がおっしゃった通り、わたしは謎を解いて真相に行き着くことが好きなのです。おそらく、口中治療と同じくらい——。謎解きをした後に見えてくる真実を、この目で見極めるためなら、何事も厭《いと》いません」

桂助はにっこりと笑い、

「それにこのところ、志保さんの美味《おい》しいお八つの食べ過ぎで——」

少しも膨《ふく》れていない自分の腹を押さえた。

「ちょうど腹ごなしをしなければと思っていたところです」

——担いだ次はお惚けか。手強《てごわ》くなったな、桂さん。こりゃあ、もう、どう止めたって駄目だな——

観念して鋼次は、

「そういやあ――」

やや厚みを増した下腹を押さえて、わざと顔を顰めると、

「ま、そう堅く考えねえで、ちょいと腹ごなしに、ちまちま動いてみるのもいいかもしんねえ」

覚悟を決めた。

――なんてたって、桂さんと俺は一心同体なんだから――

翌日、昼過ぎて二人は外桜田《そとさくらだ》にある岸田の屋敷を訪ねた。潜戸《くぐりど》から入ると、出迎えた家士《かし》の一人に離れの茶室へと案内される。

茶室は密議の場所であった。

しゅんしゅんと茶釜の湯がたぎる音以外聞こえてこない。

岸田は無言で二人を中に迎え入れた。

「早速、駿河台《するがだい》は小栗坂《おぐりざか》の田島讃岐守宗則《たじまさぬきのかみむねのり》殿まで口中治療に出向いてほしい」

小栗坂の田島讃岐守宗則、三千二百石取りといえば、大身《たいしん》の旗本である。

大名ではないので、老中などの重職にこそ就いたことがなかったが、代々、中奥小姓《なかおく》という、儀式の配膳や諸雑務を司ってきた。

「どのようなご容態なのでしょう？」

「さあ」

岸田は冷え冷えとした目を桂助に向けた。

「出向けばわかる。今、ここで知ることもなかろう」

岸田は冷笑した。

――相変わらず威張り腐りやがって――

じっと頭を垂れたままの鋼次は、知らずと、畳の縁を睨み据えていた。

「行かねえよな、桂さん」

岸田の屋敷を出ると、鋼次は憤懣《ふんまん》を桂助にぶつけた。

「第一、歯抜きと歯草じゃ、治療の道具や薬が違うぜ。どう悪いのかわかんねえのに、治すことなぞできやしねえ」

「おそらく、岸田様同様、讃岐守に口中の病いは無いのではないかと思います」

「ふーん、じゃあ、治療ってえのは方便かい」

「あのようなお立場の方は壁に耳あり、障子に目ありです。何の用もなしに人が訪ねてきては、いったい何事かと周囲に怪しまれるのでしょう」

「偉《えれ》え侍はてえへんなんだな」

「上の方ほど辛《つら》いものを抱えておいでのはずです」

桂助は感慨深く言った。

岸田に指示された通り、その二日後、二人は小栗坂にある田島邸へと向かった。口中道具や薬の入った薬籠《やくろう》を担ぐのは鋼次の役目である。

「いっそ薬籠は空でもよかったのにな」

ぼやいた鋼次に、

「わたしがそのようにと言ったら、それでは薬籠を調べられた時、口中医に化けている曲者《くせもの》だと怪しまれると言って、いつものように詰め込んだのは鋼さんですよ」

「化けていると疑われて、ばっさりやられちゃかなわねえ。俺は根っから侍ってもんを信じちゃいねえんだ」

鋼次は宙に向かって目を怒らせた。

田島邸では、

「待っておった」

まずは年老いて皺《しわ》の目立つ家老土屋《つちや》十左衛門《じゅうざえもん》に目通りさせられた。

「今日は天気がよい。この時季、当家はサツキが見事でな、この花と風流が大変お好きな宗則様は、サツキの見えるところで、口中治療をお受けになりたいとおっしゃっておられる。案内するゆえ、そこで治療をするように」

「かしこまりました」

十左衛門は庭へと下りると、寄る年波か強《こわ》ばりの出ている不自由な足で歩きはじめた。桂助と鋼次は離れてついていく。

――それにしても、サツキが盛りだ――

広い庭全体が濃桃色の雲に包まれているかのように見えた。

――極楽にいるみてえに綺麗《きれい》だな――

踏み石の上を歩いていた十左衛門が、突然、立ち止まるとサツキの茂みを搔《か》き分けた。桂助たちも続くしかない。踏み石を歩いている時には見えなかったが、目の前に朽《く》ちかけた小さな小屋が迫っている。

「宗則様」

小屋に近づいた十左衛門は小声で主の名を呼んだ。

「わたくしでございます。十左衛門でございます」

すると中から、

「十左衛門か」

やはりその声も小さかった。

「はい、左様で」

「入れ」

「かしこまりましてございます」

十左衛門は板戸を開けた。

中は薄暗く、鋤《すき》や鍬《くわ》、篩《ふるい》等庭仕事に使う道具が立てかけられていた。

「当主の宗則様だ」

あわてて桂助と鋼次は挨拶をした。

「よくおいでになってくださった」

田島宗則は白髪で小柄な老人であった。白い紙のような皮膚は、艶《つや》を失っているものの皺は目立たず、その目は叡智《えいち》を集め尽くしたかのように輝いている。

「まずは礼を言いたい」

「恐れ入ります」

桂助がもう一度深々と頭を下げたので、鋼次も見倣《みなら》った。

「口中のことでこのところ、少々、気になることがござってな」

——何だ、やっぱり病いだったのか——

「拝見いたします」

桂助は宗則の口の中を診た。

「むしばになりにくい歯をお持ちになってお生まれになられた上、お手入れもなされておられるご様子で、歯茎もたいそう綺麗です。歯草の心配もございません」

桂助は口中用の匙《さじ》を置いた。

「歯の痛みもなく、歯茎からの血も出ていないはずです。何をお気にかけておられるのですか？」

「本当にむしばは無いのか？」

「はい、一本たりとも。失礼ながら、むしばがなく、欠けた歯も無いのは、さらなる長寿が約束されているも同然でございます」

「そうは言っても、子どもの頃、歯が抜け替わる前には、わしもむしばの痛みに耐えかねたものであった。だから、抜け替わった後は、むしばにならぬよう、よくよく手入れしてきた。だが、わしと同じように手入れしている友人たちの中には、それでも、むしばになり苦しんでいる者たちが多い。これはどうしたことか？」

「歯の質は人によって違いますし、また年齢によっても異なります。固い歯はむしばに強いとされています。大人《おとな》の歯は年々固くなる一方なので、年を経たら、むしばよりも、歯草に気をつけなければなりません。歯茎の方は確実に弱くなりますから」

「すると、生え替わった後、もともと固かったわしの歯は、この年齢になって、ますます固くなってきたということなのか」

「そういうことになります。ただし、年を経た歯は固いだけではなく、脆《もろ》いので気をつけていただかないと砕けやすくなりますが――」

「岸田様のおっしゃっていたことに間違いはなかった。どうやら、そなたはわしの歯だけではなく、わしの心も存分に診てくれたようだ」

宗則は満足そうに微笑《ほほえ》んだ。

「ご心配なことがおありでしたら、どうかお聞かせください」

「強く見せている歯と同様、わしの心も脆くなっておる。たとえ口中に病いがないとわかってもな、ここが――」

宗則は左胸を押さえ、

「医者の話では、いつ何時なにがあってもおかしくないとのことで、わしも覚悟はしているのだが、命のある間にどうしても、突き止めておきたいことがあるのだ。前々から、それが気掛かりでならなかったが、ここへ来て、真実を知って死ぬのでなければ、死んでも死にきれないとまで思い、このところ、眠れぬ夜が続いている」

ため息をついた。

六

「心の臓を病んでおられるのならば、不眠はよろしくありません。わたしでお役に立てるお悩みであれば、何なりとお話しください」

桂助は丁重《ていちょう》に相手を促した。

「わしは奥の縁に恵まれなかった。初めの奥は身籠《みごも》ったとたん、持病を悪くして死の床に就き、二番目、三番目もなぜか流行病で早死してしまった。側女《そばめ》も何人かいたが子はできなかった。それで、弟安則《やすのり》の長女を貰《もら》い受けた。五月生まれのその娘はわしがさつきと名づけた。幼い頃から人並み外れて賢く、長じては会った者が思わず息を呑《の》むほど美しかった。わしはこのさつきにいずれは婿を迎えて、この名家田島家三千二百石の跡を継がせるつもりでいた。ところが、その時もやはり、今頃の時季だったと思うが、十五歳の娘盛りのさつきがこの家から姿を消した。ことわっておくが、夜、寝間を抜け出したりしたのではないぞ。お付きの女中たちと、庭でサツキの花を愛でていていなくなってしまった。表門、裏門の門番たちをはじめ、誰も出て行くさつきを見ていなかった。もちろん、家臣が総出で何日も探した。だが、さつきを見つけることができなかった。あれから、もう、かれこれ十年が経《た》つ」

「庭木に不審な様子はありませんでしたか？」

「根元が掘り起こされていたり、突然、桜の木が沢山、花を付けるようになったなどということはなかった。さつきが骸になっていたとしても、この家の庭にはおらぬと思う」

「さつき様の実のご両親も、さぞかし、胸を痛めておられましょう」

「弟はさつきがいなくなる一月《ひとつき》前に、大川から土左衛門《どざえもん》になって見つかった」

宗則は吐《は》き出すように言った。

「三つ違いの弟は母に甘やかされて育ち、分家筋に養嫡子《ようちゃくし》として入った後も、お役目が兄のわしより低い、気に入らぬと不満を洩らして酒に溺《おぼ》れ続けた」

——ふーん。食べるに事欠かない身分の奴ってえのは、いい気なもんだな——

鋼次はこの手の輩《やから》が虫酸《むしず》の走るほど嫌いであった。

——俺たちは、目一杯、汗水垂らして働いて、やっとやっと飯を食ってるんだ——

「さつき様の母上様は？」

「安則には自身の憤懣を妻子にぶつけていたぶる癖もあった。弟の妻は千景《ちかげ》という名だったが、思い余って家を出た。幼かった子どもたちを残して去るとはよほどのことだ。このままでは虐《いじ》め殺されかねないと危惧《きぐ》したのだろう」

――死んでよかったというのは、こういう奴のことを言うんだな――

「子どもたちとおっしゃったからには、さつき様にはご兄弟がおいでなのですか？」

「二つ違いの兄で嫡男《ちゃくなん》の千之助《せんのすけ》が一人おる。さしもの安則でも、多少は御家大事の気概は持っているはず。大事な嫡男には手を上げることはなかろうと思ったが、女子《おなご》のさつきの方は案じられてならなかった」

「さつき様を養女にされたのは、父親の虐めから守るためでもあったのですね」

「それもあった」

――この爺さんは案外いい奴だな――

ここは一肌脱《ひとはだぬ》がなければ男がすたると鋼次は思い始めた。

「さつき様の神隠しを奉行所には届けたんですかい？」

親身になりすぎて思わず口が滑った。

――いけねえ。つい、余計なこと言っちまった――

しかし、宗則は頭《かぶり》を振り、

「あの時はいっそ、町人ならよいのにと思ったものだ。武家の屋敷の中で起きたことを町奉行所が詮議することはない。さらに、武家にはお家の存続と体面を保つため、表《おもて》沙汰《ざた》にしたくない出来事が多々ある。さつきの神隠しもそんな不祥事の一つと見なされるゆえ、外へはいっさい洩らしてはおらぬ」

切なげに嘆息した。

「もう一度、お聞きいたします。さつき様が神隠しに遭った日、門番たちは不審な者の出入りを見ていないのですね」

念を押す桂助に、

「間違いない」

宗則は言い切った。

「それでは、他に何か、神隠しと関わってお気づきのことはありませんか?」

「よく聞いてくれた」

宗則が立ち上がったので、あわてて、十左衛門も足を庇《かば》って小屋の棚へと手を伸ばした。

「これをご覧いただきたい」

宗則は十左衛門に押し花が貼られた紙を土間に並べさせた。

よく見るとその花は濃桃色のサツキで、紙の左端には日付が記されていた。

「さつきが神隠しに遭った翌年から、毎年これが届く。今年も届いたばかりだ。何か手掛かりが摑《つか》めるやもしれぬと思い、そのままにしてある」

十左衛門が紙に包まれたままの今年の押し花を桂助に差し出した。

「越前《えちぜん》の産と思われる上等の紙ですね」

「昨年は因州《いんしゅう》の和紙だった」

「その前は？」

「たしか美濃《みの》のものだった」

「どこの紙であるかが、これを届けてくる者の居所を示しているということにはなりませんが、相手は越前や因州、美濃の紙が手に入る場所に居るはずです」

「わしはそやつは江戸に居ると思う。江戸でわしの屋敷の近くに居て、さつきがいなくなったことをこうして思い出させ、わしを悲しませて面白がっているのだ」

「押し花を届けてくるのは、さつき様を連れ去った下手人だとお思いなのですか」

「それ以外に誰が居るというのだ？」

宗則は怒りを露わにした。

「さつきを掠《さら》って亡き者にするだけでは飽き足らず、こんな酷《むご》い仕打ちをする者がこの世におろうとは思ってもみなかった」

——爺さんは生きているうちに、可愛《かわい》い娘の仇討《あだう》ちがしてえんだな——

これはますます、力にならねばと鋼次は意気に感じた。

田島邸からの帰路、桂助はいつになく考えこんでいる様子で、鋼次は、

——けど、こりゃあ、十年も前の話だし、どこにどう手掛かりがあるのか、俺にはさっぱりわかんねえし——

いささか、心配になってきた。

——岸田の奴の鼻をあかしてやれねえのは残念だ——

南町奉行所同心友田《ともだ》達之助《たつのすけ》が走り込んできたのは、翌日、一番鶏が鳴いてほどなくのことであった。

まだ志保は来ておらず、桂助は早くに起きだして、乳鉢で黄蓮、山梔子等で口中の熱に効く清熱解毒の煎じ薬を作っていた。

友田が訪れるには早すぎる時であった。酒好きで歯草持ちの友田は、昼過ぎて口中の治療に訪れるのが常であった。治療代を払ったことがないのは定町廻り同心の特権である。

「あいつ、治療だけじゃねえで、下手人探しの手掛かりまで桂さんから引き出すんだから、図々《ずうずう》しいったらねえ」

鋼次の友田評は岸田同様辛《から》かった。

「藤屋──」

友田の普段酒焼けしている赤い顔が青黒く変わっている。

「どうしました？」

「金五の奴が死にかけてる」

「たしか、もう、むしばはなかったはずですが」

以前、金五は虫歯で熱が下がらず、桂助が〈いしゃ・は・くち〉に引き取って、寝ずの手当をしたことがあった。以来、懲《こ》りた金五は口中の手入れに余念がなく、年に何度か、桂助の元へと検診に訪れていた。

下っ引きの金五は老齢で足を悪くしている岡っ引き岩蔵の代わりに、定町廻り同心友田達之助に仕えている。

「足を刺された。血が止まらない。苦しい息をしながら、金五はおまえを呼んでいる」

「わかりました」

桂助は急いで薬籠に傷を縫う、針や糸などの外科道具を詰め込んだ。

「薬籠はわしが持とう」

薬籠を担いだ友田の足は神田へと向かっている。

「刺されたのは二人だ。もう一人は見つけた時、すでに息がなかった」

「亡くなった方もいるのですね」

桂助は思わず、右手の拳を固く握っていた。

——天寿を全《まっと》うせずに人が死ぬのは口惜しくてならない——

「殺されたのは佐久間町にある蕎麦屋皐月庵の主喜八だ」

——何とあの喜八さんが——

桂助はがーんと頭を殴られたような気がした。

「喜八は道を逸れかけている若い者を立ち直らせていた。そのせいで、若い馬鹿どもを操ってる悪党たちから、ずいぶんと恨みをかっていたようだ」

七

金五は皐月庵の土間で、左の太腿《ふともも》から血を流して倒れていた。桂助が長崎で学んだ医術は、口中に関するものだけではなかった。蘭方《らんぽう》と言われる外科技術も多少は身につけている。

すぐに駆け寄って、刺し傷の位置を確かめると、

「よかった。急所は外れています。あと少しで危ないところでした」

人の両腿には太い血管が通っていて、そこが損傷を受けると命に関わる。

「すぐの処置が何よりでした」

金五の太腿は、傷口から身体に近いところを、裂いた布切れできつく縛られている。

桂助は友田の片袖が千切《ちぎ》れているのに気がついた。

「先生――」

金五は桂助の顔を見ると、ほっとして気を失ってしまった。

「これから傷の手当てをしますので、お願いします」

友田の手を借りて、桂助は金五を小上がりに運ぶと、傷を消毒用の焼酎《しょうちゅう》で洗い、縫い合わせた。

途中、痛みで気を取り戻した金五を、桂助は励ました。

「痛いのは生きている証なので、どうか辛抱してください」

「そうだ、そうだ、しっかりしろ」

友田も気合いを入れた。

手当が終わると、桂助はうんうん唸《うな》りながら痛みに耐えている金五に、痛みと化膿を止める薬を与えた。再び金五は眠りに落ちた。

「このままよく眠れば、いずれ血を失った身体に力が戻ってきます」

「ともあれ、金五は助かったのだな」

友田の眉間《みけん》の皺がすっと伸びた。

「喜八さん――」

桂助は小上がりの衝立《ついたて》の向こうで胸を刺されて死んでいる喜八に近づいた。

「知り合いか？」

友田が声を掛けた。

「歯抜きをさせていただいたばかりでした」

喜八はあっと驚いたような顔で死んでいる。桂助は開いたままの喜八の目を閉じてやった。

――何としても助けたかった――

万感の想いが桂助の心を湿らせた。

すると、油障子を開ける威勢のいい音がして、

「金五、大丈夫か」

鋼次が飛び込んできた。走ってきたせいで、ぜいぜいと息を切らしている。

「手当は済ませました。もう大丈夫です」

「桂さん――」

鋼次は目を瞠《みは》った。

「金五のばあちゃんから、金五が刺されて死にかけてるって聞いた。それですぐ、金五のことを桂さんに頼もうと、〈いしゃ・は・くち〉へ行こうとしたんだ。長屋住まいの下っ引きが相手じゃ、駆けつけてくれる医者なんぞいねえからな。ところが腰を抜かしたばあちゃんの息がおかしくなっちまった。自分も皐月庵まで行くと言ってきかねえばあちゃんを宥《なだ》めすかして、〈いしゃ・は・くち〉へ廻ったら、桂さんはもういなかった――」

「店に立ち寄った蜆《しじみ》売りが番屋に報《しら》せ、それを聞いたわしがいの一番にここへ駆けつけた。わしが金五の家に人を走らせ、自ら藤屋を呼びに行った」

「金五さんが命を取り留めたのは、友田様の適切な処置のおかげです」

桂助は言い添えた。

「ありがてえ――」

鋼次は友田に手を合わせたものの、

「人は見かけによらねえこともあるな」

思わず呟《つぶや》くと、

「一言、余計だろう」

友田はじろりと鋼次を睨んだ。

桂助は何も言わずに、喜八の骸のそばにいる。友田は、

「下手人の目星はおおかたついている」

「そりゃあ、凄《すげ》えな。で、誰なんで？」

「近所の者の話では、このところ、ここへ与六《よろく》という名の若い奴がちょくちょく、顔を見せていたそうだ。与六は両国の顔役虎五郎《とらごろう》のところの下っぱでな」

両国の虎五郎は、店の開業や芝居などの興業はもとより、大道芸人、露天商や天秤《てんびん》担ぎに到るまで、日本橋界隈《かいわい》から神田、浅草に到る盛り場のありとあらゆる商いを牛《ぎゅう》耳《じ》っていた。虎五郎に睨まれたら、もう、商いどころではないと怯《おび》える商人たちも多かった。

「与六は匕首《あいくち》を出して見せることもあったという。もっとも、喜八は怯えるどころか、驚いた様子もなかったそうだ。〝おまえには人は殺せねえよ〟と言っていたのを聞いた者もいる」

桂助は喜八の骸を見つめている。

「喜八さんが襲いかかってきた与六の匕首を取り上げようとして、揉《も》み合ったのだと

したら、着ているものがもっと乱れているはずなのですが――」

桂助は首をかしげ、

「不意を突かれて刺されたとしか思えません。念のため、口中を診てみます」

喜八の唇に指を伸ばした。

「これは――」

桂助はいきなり、冷や水を浴びせかけられたかのようにぞっとした。

「このようなことが――」

「どうしたのだ？」

友田と鋼次が覗き込んだ。

「桂さん」

鋼次の声が震えた。

喜八の上の前歯二本に黒い筋が、二本ずつ引かれている。

「何だこれは？」

友田の顔もいくぶん青い。

桂助が黒い筋を指ですくうと、指にも黒い筋が移った。

「おそらくこれはお歯黒です。喜八さんを殺し、金五さんを襲った下手人の仕業《しわざ》でしよう」

お歯黒は主に錆《さ》びた釘を茶や粥《かゆ》、酢などに浸けておくとできる鉄漿水《かねみず》とヌルデの木からとれる五倍子《ふし》で作る。

「歯にこのような細工はむずかしかろう。となると、下手人は与六でなく、おまえと同じ稼業の者だな。心当たりはないのか？」

あっさり考えを変えた友田は、鋭い目を桂助に向けた。

「ま、まさか、桂さん、喜八は生きながらにして、こんな妙な細工をされちまったんじゃあなかろうな」

「生きている時ではなかったはずです。なぜなら、生きている時に、ここまで深い筋を彫ってお歯黒を塗るのは大変だからです。筋彫りには錐《きり》が使われたのだと思いますが、歯は固く、時がかかるだけではなく、激しい痛みを伴います。当然、喜八さんはもだえ苦しんだでしょう。着物は乱れ、激痛ゆえに冷や汗は出尽くし、顔は苦悶で歪《ゆが》みきっているはずです。ところが、喜八さんはきちんと身繕いしたままで、驚いた表情ではあっても、顔に苦しんだ様子はありませんでした」

「すると下手人は殺した後、このような細工をしたのだな。しかし、何のためにこんなことを――」

友田は首を左右に振った。

「それがわかれば、きっと下手人に行き着くことができるでしょう」

しかし、友田は得心《とくしん》がいかないらしく、

「まずは与六だ。何でこんなふざけた真似《まね》をしたのか、じっくり与六に話を聞くことにする」

人を呼んで戸板を二人分運ばせ、金五は祖母の待つ家へ、喜八の骸は番屋へと連れ帰る手配をした。

虎五郎のところに乗り込んで、与六を引き渡させるのだと意気込んでいる友田と途中で別れて、桂助と鋼次は眠り続ける金五に付き添った。

「このままでは与六さんが下手人にされてしまいますね」

「桂さんは与六の仕業じゃねえっていうのかい？」

「ええ」

「見当はついてるのかい？」

「下手人は喜八さんと親しいか、気を許している相手です。それゆえ、喜八さんは小上がりに招き入れようとして不意討ちに遭った――」

「金五までどうしてやられたんだろう」

「金五さんは入ってすぐの土間に倒れていました。下手人は十手を持った金五さんが、偶然店に入ってきて、このままでは逃げそびれるとあわてたのだと思います」

「やられっぱなしかい？」

「躱《かわ》した様子はありませんでしたね」

「わかんねえな。ああ見えても金五はいざとなるとすばしこいんだぞ」

「そうでしたね」

桂助は鋼次とともに首をかしげた。

「金五、おまえ、よく無事で」

祖母のたみは金五にすがりついて泣き、

「ありがとうございました、ありがとうございました」

桂助たちに礼の言葉を繰り返した。

「夕方、また参ります。それまでに何か変わりがあったら、すぐ報せてください」

桂助は煎じ薬の与え方を教えると、〈いしゃ・は・くち〉へと戻った。

こうして、金五は日々桂助の治療を受け続け、祖母や鋼次に見守られながら恢復《かいふく》していった。

第二話　蛍花《ほたるばな》

一

金五《きんご》が刺されて五日が過ぎた。起き上がれるまでになった金五の治療を終え、桂助《けいすけ》が外に出て油障子《あぶらしょうじ》を閉めたところで、友田達之助《ともだたつのすけ》と出くわした。

「これは友田様」

「金五の見舞いに立ち寄ったのだが――」

友田はしばし思案して、

「そうだ、おまえに訊ねてみるのもよいかもしれぬ」

先に立って長屋木戸を抜けると長屋の外へ出た。

「おーい、桂さん」

帰りかけた桂助を鋼次《こうじ》が走って追いかけてきた。

「〈いしゃ・は・くち〉に房楊枝《ふさようじ》が足りなくなったから、俺《おれ》んとこに寄って持って行くはずだろう」

桂助は友田の方を見た。

「友田様が話があるとおっしゃるので」

「そうかい。話なら俺も聞くぜ」

鋼次は桂助の隣りに並んだ。

「ふーむ」

友田は露骨に嫌な顔をしたが、

「喜《き》八《はち》や金五の災難には、遅ればせながら、俺も駆けつけたってことを忘れねえでくだせえよ。どうせ、その話なんでしょうから」

鋼次はけろりと言ってのけた。

「それと俺もちょいと、金五のことで、心に溜めとけねえことがあるんでさ」

「それではおまえから話せ」

「いいや、旦那からですよ」

「おまえ――」

「旦那――」

桂助は苦笑いして、

「先は友田様ですから、友田様からお話しください」

友田を促した。

「そうか」

友田はしぶしぶ話し始めた。

「あの通り、金五はよくなっている。金五は足を刺された時、棒立ちになっていて、前から太腿《ふともも》をぐさりとやられた。手に傷はなかったから、相手のなすがままということになる。となると、相手の顔は見ているはずなのだが、何度聞いても覚えていないというばかりだ。藤屋《ふじや》、あのような重い傷を負うと、若くても物覚えが悪くなってしまうものか？」

「恐怖のあまり、一時《いっとき》、前に起きたことを忘れてしまうというのは、よくあることです」

「言っとくが、金五は意気地《いくじ》なしなんかじゃねえ。怖いのは雷で、匕首《あいくち》を持った与太者《よたもん》じゃやねえぜ」

――これはまだみんなの知らねえことだが、昔与太者だった金五は匕首にだって慣れてたはずだ――

「ところで、お縄にした与六《よろく》はどうしたんですかい？」

――金五のことばかり、とやかく言ってねえで、自分たちこそ、しっかり調べてもれえてえもんだ――

「与六は弟の与助《よすけ》と組んで喜八を脅し続けていたことは認めた。近所の者が見ていた通り、匕首をちらつかせていたことも――。だが、ずっと自分は喜八や金五を刺していないと言い張っていた。その上、金五までも下手人《げしゅにん》の顔は思い出せないはずなのに、与六は下手人ではないと言い切っている。石を抱かせて白状させる責め詮議をすると決まったんで、必ず、報《しら》せてくれと言うのだ」

「決まったら、旦那が報せに来たんですかい？」

「その必要はなくなった」

「へえ、とうとう与六は咎《とが》を認めたんですかい？」

「皐月庵《さつきあん》をもう一度丹念に調べたところ、使っていない水瓶《みずがめ》から血の付いた匕首が出てきた。与六はそれが自分の物だと認めて、二人を刺したと白状した。わしはそれを金五に伝えに来たのだが、与六が下手人だったというのを思い出せない金五には酷《こく》なことかと――。何しろ、金五は目に入ったことを残らず覚えていられるのだけが取り柄なのだから。自信を失わせては可哀想《かわいそう》だ」

友田はしんみりと言った。

――こいつにもいいところがあるんだな――

すると、桂助は、

「そのお話はなさった方がいいと思います。行きましょう」

踵《きびす》を返した。

「本当にいいのか？」

まだ友田は半信半疑である。

「長屋木戸を出る時、友田様、鋼さんと偶然、鉢合わせたので、またこうして、押しかけてしまいました」

桂助は戸口でにこにこと笑った。

友田と鋼次に目礼した祖母のたみはすぐに目を潤ませ、

「まあまあ、先生、それに友田の旦那、鋼次さんまで――。金五は幸せ者ですよ、皆さんにこうして見舞っていただけて――」

早速、茶を淹《い》れようと支度にかかると、

「祖母《ばあ》ちゃん、おいら蓬屋《よもぎや》の富《とみ》きんが食いたい」

富きんとは蓬屋の主富三《あるじとみぞう》が焼く金鍔《きんつば》で、蓬屋の看板菓子である。

恢復《かいふく》してきたとはいえ、金五はまだ青い顔のままで窶《やつ》れている。もともと蚊《か》とんぼのように長かった手足が、さらに伸びたように見えないでもなかった。

「はいはい、わかったよ、今から買ってくる。皆さん、ゆっくりなすって、富きんを食べていってくださいね」

たみは巾着袋《きんちゃくぶくろ》を手にして出て行った。

「話があるんでしょ」

金五は思い詰めた顔を友田に向けた。

「与六、とうとう石を抱かされるんですか」

「それを言いに来たのではない」

友田は動かぬ証《あかし》が見つかって、与六が一切の咎を認めた話を繰り返した。

「そうか――」

金五の目は虚《うつ》ろに壁を見遣った。

「そうなんですね」

「間違いない」

「やはり、それしかないのか。与六は打ち首、獄門《ごくもん》――」

呟《つぶや》いて金五は苦悶の表情で天井を見上げた。

「それでいいのですか？」

桂助は口を挟んだ。

「罪のない者が打ち首、獄門になってもよいと、あなたは思っているのですか？」

「藤屋、何を言い出すのだ」

友田が大声を上げた。

「金五さんは真の下手人を知っていて、庇《かば》い立てしているのです」

「本当か」

友田は金五と桂助を交互に見据えた。桂助はたじろがなかったが、金五は目を伏せ、うつむいたまま答えない。

「わたしは金五さんの太腿の傷を診《み》てきました。傷は深く一突きされていました。これは下手人が匕首で水平に刺したものです。それゆえ、下手人は背の高い金五さんの腰ほどの背丈の者です」

「違うよ、おいら、店の土間で蹲《うずくま》ってた奴《やつ》にいきなり刺されたんだ」

「蹲っていた相手に刺されたのなら、抉《えぐ》られた傷の深さは均等ではないはずです」

桂助は言い切った。

「金五、真の下手人を庇い立てしてちゃ、道を踏み外しかけてたおめえを、立派に立ち直らせてくれた喜八が浮かばれねえぞ」

鋼次が叱りつけた。

「そうじゃあねえんだ、兄貴。この事件は真の下手人なんぞ、見つかっちゃあいけねえんだ。冥途《めいど》の喜八さんだって、きっとその方が喜ぶんだ」

「喜八さんは咎のない与六さんを道連れにはしたくないはずです。なぜなら、喜八さんはこの与六さんにも、〝日々働く喜びを知って、真人間《まにんげん》になれ〟と意見していたのではないかと思うからです。若者を立ち直らせるのを生き甲斐《がい》にしていた喜八さんが、咎の無い与六さんの死を願っているわけがありません」

「そうだった、与六は何もしちゃいねえんだった」

金五は頭を抱えて、

「そうだ。皐月庵の土間で息を詰めてた真の下手人は、黒ずくめの覆面《ふくめん》姿だった。伊《い》賀者《がもの》かもしれねえ。そいつに俺は飛び掛かられていきなりぶすりと――。旦那、おいら、すっかり思い出したよ」

すがりつくような目で友田を見た。

「与六の匕首をどうして伊賀者が使うのだ？」

「前の日に脅しに来た与六がうっかり落としていったのを、伊賀者が拾って――」

「伊賀者が他人の匕首など使うものか。居もしない伊賀者の話なぞ、聞きたくもない。嘘もたいがいにしろ。下手人の顔を覚えていないというのも嘘だとわかった。さあ、正直に申せ。申さぬとたとえおまえであっても容赦《ようしゃ》はせぬ。お上に楯突《たてつ》いたとして厳罰に処すぞ」

顔を真《ま》っ赤《か》にして友田は金五を睨《にら》み据えた。

「金五さん、お上にも多少の御慈悲はあるはずです。ですから、どうか、話してください」

桂助が諭すように促すと、

「先生はもう、真の下手人がおわかりでしょう。おいらの口からはとても言えねえ。先生から旦那に話してくだせえ」

金五は両手で顔を覆った。

二

「金五さんの左太腿を匕首で水平に刺すことができるのは、身の丈の低い子どもです」

桂助は断じた。

「子ども？」

友田と鋼次は思わず顔を見合わせた。

「常に若者を立ち直らせたいと思っていた喜八さんは、きっとどんな子どもとも、すぐに仲良くなったことでしょう。たとえその子の兄が自分を脅していたとしても――」

「与助」

二人は同時にその名を口走った。

「金五さんが刃向かえなかったのは、相手が子どもだったからです」

桂助の言葉に、顔を覆ったままの金五はこくりと頷《うなず》いた。

「それじゃ、咎を認めたってえのは――」

「水瓶から自分の匕首が出てきて、弟の仕《し》業《わざ》だとわかったからでしょう」

「行くぞ」

友田は両国橋を渡ってすぐの与六と与助兄弟の長屋へ向かった。

「金五さんの代わりにわたしたちがお供いたします」

桂助と鋼次が従った。

しかし、

「遅かったか」

友田が戸口を開けたとたん、目に入ってきたのは、鴨居《かもい》にぶらさがっている与助の小さな身体《からだ》だった。

――何ってこってえ――

鋼次は正視できなかった。

すぐに鴨居から下ろして首に掌《てのひら》を当てた桂助は、これ以上はないと思われる悲しげな表情のまま、黙って首を横に振った。

与助は以下のような書き置きを残していた。

あんちゃんのあいくちで、きはちさんときんごさんをさしたのはおいらです。あんちゃんじゃねえ。きはちさんをおどすだけのつもりだったのが、あいくちなんぞ、くずのもつものだといった。はやくあいくちをもちたかったおいらはあたまにきた。きんごさんはにげようとしたときに、はいってきたんで、むちゅうでさした。これから、しんでおわびをします。はやくにしんだおっとう、おっかあも、きっと、あのよでまっていてくれるから。だから、どうか、おやくにんさま、あんちゃんをゆるしてください。

よすけ

友田からこれを見せられた牢の中の与六は、

文《ふみ》を抱きしめるようにして涙が涸《か》れるまで泣いた。

　そして、お解き放ちになる前に、

「与助、与助」

「たしかに俺は喜八さんのところへ脅しに通ってた。腕試しだよ。喜八さんを思いきり震え上がらせる、喜八落としを虎五郎《とらごろう》親分から任されてた。けどね、いくら脅しても、喜八さんはびくともしねえ。出来上がった蕎麦《そば》を俺が匕首で切り刻んでも、涼しい顔ですぐにまた、蕎麦打ちをはじめるんだ。これが続いて、〝どうせまた、俺が切っちまうんだから、無駄骨《むだぼね》だ。よしとけよ。この先、いらねえ節介《せっかい》さえ、しねえと約束するんなら、蕎麦を切るのは止めにしといてやらあ〟って忠告したやったところ、〝無駄骨を続けられるのが真人間の証だ。これぱかしは、おまえたちクズでは続けられねえ、尊い芸当なんだ〟と喜八さんは言い返してきた。そん時の喜八さんの顔ときたら、おっかねえ、あの不動明王そっくりだったぜ。どういうわけか、これがずーんと胸に応《こた》えてね。匕首の刃が錆《さ》びるほど蕎麦を切り刻み続けても、金輪際《こんりんざい》勝てねえと思ったよ。流行病《はやりやまい》で死んだ百姓のおっとう、おっかあは、生きている間、寝る間も惜しんで働いてて、いい目なんぞ見たことなかったように見えて、あんな生き方はご免だと思ってたが、思い違いだったのかもしんねえと気がついた。両親《ふたおや》の口癖はいつだって、〝どんなにひもじくても真《ま》っ当《とう》に生きる〟ってえのだったから、きっと満足して死んだんだろう。ただ、二人とも死ぬ間際《まぎわ》には好物の蕎麦を食いたがった。俺が自分で打った蕎麦を供えてやりゃあ、供養になるかもな、と。それもあって、〝どうだい、一度、蕎麦を打ってみちゃあ？〟っていう、喜八さんの勧《すす》めに乗るつもりになってた。足を洗うつもりでいたんだよ」

与助については、

「親譲りなんだろうねえ、与助は蕎麦に目がなくてね。喜八さんは〝これだけは切らねえで見逃してくんな〟なんて言いながら、長いままの蕎麦を茹《ゆ》でて、与助に食べさせてくれた。そんな折にも、〝弟の先々を考えるなら、真っ当な道を歩くんだ〟と喜八さんは言った。与助はまだ子どもだから、〝兄ちゃんが偉くて怖いから、あのおじさんは蕎麦を食べさせてくれるんだね。〟って無邪気に喜んでた。弟が美味《うま》そうに蕎麦を食べてる様子を見るのはうれしかった。だけど、もう――」

涙にむせんだ。

「匕首が無くなってることに気づいたのは、三日前、賭場《とば》で兄さんたちの走り使いをしていた夜のことだった。家を出た時に懐に忍ばせておいたはずなのに、いつのまにか、無くなっていた。俺のその匕首が、どうして与助の手に渡ったのか、弟がどこで何を聞いて、俺に代わって、喜八さんを脅しに行ったのかは、どうしてもわかんねえ。俺の弟でなきゃあ、こんなことには――」

と言い、まるで、敵《かたき》でも見るかような目で血に染まった己の匕首を見据えた。

これを友田から聞いた金五は、

「匕首が賭場で盗まれたとしたら、盗《ぬす》っ人《と》はきっと、虎五郎のとこの者だよ。与六が足を洗おうとしていることに気づいた連中が、見せしめに弟を使って、与六を嵌《は》めようとしたに決まってる」

普段は穏やかな細い目に炎のような憤怒を燃え上がらせた。

「子どもを使うなんぞ許せねえ」

まだ、ふらふらする身体で起き上がると、

「おいら、訊《き》き糾《ただ》してくる」

「無駄だ、止めておけ」

友田は一喝した。

「どうして無駄なんで？」

金五は食い下がった。

「わしは虎五郎とは顔なじみだ。あいつらについては承知している。与六に喜八を脅させたように、新入りを脅しに使うのは、新入りの覚悟を試しているのだと虎五郎は言っていた。そこまでの覚悟が出来ていないとわかれば、さほど無理強いはしない。掟《おきて》を破って抜けようとした者を折檻《せっかん》するのは、覚悟を示して仲間になった後のことだと聞いている」

「それじゃ、旦那は虎五郎のとこの者が与六を嵌めたんじゃねえと――」

金五はまだ半信半疑の様子でいる。

「こんなことで、虎五郎が事を起こすものか――。第一、あいつが本気で喜八を何とかしたいのなら、とっくの昔に葬っているはずではないか」

「でも――」

金五と友田はしばし睨みあった。

するとそこへ、祖母たみが近所への用足しから戻ってきた。

「金五、どうしたんだい？　まだ寝ていなくては身体に障《さわ》るよ。さあさ、横になって」

長い手にしがみつくようにして孫を布団《ふとん》の上に横たわらせた。

偶然、金五を見舞いに来ていた桂助と鋼次は、このやりとりを目にした。

帰途、鋼次は、

「あの二人、目と目で火花を散らしてた。冷や冷やしたぜ。ところで、虎五郎については、金五と友田の旦那、どっちが合ってるのかね？　俺は金五の言い分をなるほどと思うぜ」

「虎五郎たちに憧れる若い人は多いと聞いています」

「まあ、とかく、あいつらは金の使いっぷりがよくて、女にちやほやされるからね」

「だとすると、友田様が虎五郎さんから聞いたことは、本当だと思います。ふるいにかけて、水の合った者だけを仲間にしているのでしょう」

「そうなると、与六の懐から匕首を盗み、与助に持たせて唆《そそのか》したのは、酷《ひで》え奴っていうのは、いってえ、どこのどいつなんでえ？」

鋼次は知らずと両の拳《こぶし》を固めた。

「たしかに与助さんを唆した者は罪深く、許し難いです」

桂助は珍しく語気を荒げた。

与六から匕首を盗み、与助に渡した者の手掛かりがないまま、何日も過ぎた。

金五は、

「きっとこのまま、わからず仕舞いになるよ」

口惜しそうに言った。

「俺はやっぱし、虎五郎たちが怪しいと思うけどな」

鋼次は金五の胸のうちがよくわかった。

——金五は優しい。こいつが下手人を庇ったのは、与六や与助に昔の自分を重ねたからにちげえねえ。なのに与助があの始末じゃ、やりきれねえ想いだろうよ——

三

そんなある日、岸田《きしだ》より文が届いた。田島宗則《たじまむねのり》から頼まれたことについて、どうなっているかという、調べの催促であった。

「しまった」

桂助は頭を掻《か》いて、

「田島様はわたしたちのことを岸田様に話されたのでしょう。つい、うっかり、田島様のところへ伺《うかが》ったことを、岸田様にお伝えそびれていました。それに岸田様にお願いしたいことがあったのです」

岸田に文を返した。

「また岸田かよ」

鋼次がむくれた。

「あいつ、俺たちを見張って、急《せ》かしたり、文句を言ったりするつもりなんだな」

すると、何日かして、岸田より届いた文を読んだ桂助は、

「鋼さん、明日、わたしにまた、つきあって往診です」

「桂さん、どこへ行くつもりなんだい？」

「浅草《あさくさ》の田島家です」

「え、田島家は駿河台《するがだい》のはずだぜ」

「それは本家の田島様。行方《ゆくえ》のわからなくなったさつき様の御生家の田島家は、浅草の三筋《みすじ》町にあるのです」

「さすが桂さんだ。いなくなった娘の生家を探れば、何かわかるかもしんねえってことだな」

こうして桂助と鋼次は三筋町の田島家分家を訪れた。

「こりゃあ、ずいぶんと違うや」

思わず鋼次が呟いた。本家とは比べものにならないほど貧相な門構えである。応対に出てきて、

「当家用人《ようにん》木村一之進《きむらかずのしん》にござる」

と名乗った初老の用人も、垢《あか》じみてこそいないものの、何度も水を通ったよれよれの小袖と袴《はかま》で身繕いをすませていた。

「殿がお支度を終えられるまで、しばし、お待ちいただきたい」

二人は玄関近くの小部屋で待たされた後、客間に案内された。

千之助《せんのすけ》から貞則《さだのり》と名を改めた主が入ってきた。

年の頃は桂助とそれほど違わず、目鼻立ちのすっきりと整った三筋町の田島家当主は、挨拶を済ませると、

「本家より文が届いている。そなたたちに、もう何年も前にいなくなった妹さつきの行方を探させることにしたという。伯父《おじ》上の頼みゆえ、わしは答える。訊きたいことがあらば遠慮なく何なりと申せ」

淡々とした面持ちで促した。

桂助は名乗った後、

「さつき様はどのような御気性の妹御でいらっしゃいましたか」

とまず訊いた。

「その名の通り、サツキの花のようにたおやかで美しい娘であったが、芯《しん》は強い妹で

あった。わしたちは、二つ違いという親しさもあって、幼い頃から仲がよかった」

「それでは、本家から養女にと望まれた時、さぞかし、離れるのがお辛《つら》かったことでしょう」

「伯父上から何も聞いてはおらぬのか」

貞則の顔面に一瞬、羞《は》じらいが走った。

「御当家の前御当主が大川で亡くなられたお話はお聞かせいただきました」

「まことに恥多き父であった」

貞則は深々とため息をついた。

「わしとさつきは幼い頃から、父の荒れた暮らしぶりと、母への酷い仕打ちを日々、目にして育った。この家の思い出はわしたちにとって、暗い、いたたまれないものばかりだ。伯父上から話があって、さつきの支度金に目が眩《くら》んだ父が承諾したとわかった時、正直、わしはほっとした。これでさつきも人並みに幸せになれると思ったのだ」

「どんな親でも慕わずにはいられないのが人の子の情というものです。そんな風におっしゃっておられても、父上様が亡くなられた時は、さぞかし、ご心痛であられたことでしょう」

「いや、違う――」

貞則は強い目色を桂助に向けた。

「父はさつきを着の身着のまま同然に伯父上のところへ送り出すと、支度金で毎日酒色に耽《ふけ》っていた。いずれ、罰当たりの死に方をするだろうとわしは思っていた。こんな父を持ったことが悲しかっただけだ。それより、父の死後、ほどなく、本家の庭から姿を消したらしいという妹のことが気にかかってならなかった。掌中《しょうちゅう》の玉のように妹を可愛《かわい》がっていたのは伯父上だけではない、わしも妹の行方をどれほど知りたいと思っているか――。もう、生きてなどいるはずもないという者もいるが、そうだとしたら、あのように幸薄い妹が、なにゆえ、さらに、そんな酷い目に遭《あ》ったのか、その真相を突き止め、下手人に償わせないと、金輪際さつきの霊は浮かばれまいと思う」

貞則の声は震えた。

「本家に入られたさつき様とお会いになるようなことは、おありだったのでしょうか？」

「わしは、もう決して帰ってくるなと、きつく言い渡して妹を送り出した。わしも本家へは、日々飲んだくれている父に代わって、新年や折々の挨拶に伺うだけだった」

「文を取り交わしておいでては？」

「いや、それもない。どんな様子かは知りたかったが、妹のために控えねばならぬと自制した。たとえ兄であっても、さつきは忌《い》まわしいこの家のことなど、何一つ、思い出さない方がよいと思ったのだ」

――立派な心がけだぜ――

鋼次は感心した。

――侍《さむらい》は嫌《きれ》えだが、妹想いってことで、こいつは芯が一本、ぴーんと通ってる――

「では、いなくなる前のさつき様について、変わった様子をお知りになることはできなかったわけですね」

桂助の言葉に、

「返す返すもそれが口惜しい。せめて、文など交わしていれば」

貞則は凜々《りり》しい眉《まゆ》をさらに寄せた。貞則の眉はずっと寄ったままで、時折、ぴくりと大きく寄って、端整な顔を翳《かげ》らせている。

眉だけではなく、始終、口元を歪《ゆが》め、歯を食いしばり続けていることに気がついていた桂助は、

「どのようなお痛みですか？」

思い切って訊いた。

「痛みなど無い」

貞則は言い切ったが、

「口中にあるはずです」

桂助は指摘した。

「時折、奥の臼歯《きゅうし》が飛び上がるほどお痛みではないかと――」

「むしばであろうか」

貞則は何とも哀れな声を出して、

「となればいずれは歯抜き――」

脇息《きょうそく》から体を離し、座ったまま後退《あとずさ》った。

「そのようにお決めになるのは性急すぎます。ちょっと拝見――」

桂助は相手に近づくと、有無《うむ》を言わせず口を開けて中を診た。

「口中医の分際で何をする、無礼者」

一瞬、貞則は目に燃え上がるような憤怒を溜めた。

――桂さん、こりゃあ、てえへんだ。無礼討ちになるぞ――

よく見ると、貞則の肩先を桂助が肘《ひじ》で押さえ込んでいた。

ひとまず鋼次はほっと胸を撫《な》で下ろした。

「ご無礼申し上げました」

桂助は平伏して、

「出過ぎたことではございましたが、たいそうなお痛みのご様子、口中医として、どうしても放ってはおけなかったのです」

「で？　やはり、むしばか？」

「いえ、これは寒仙にございます。身体の冷えによるものです」

「冷えなど女子《おなご》のものであろう」

貞則の不機嫌は直らない。

「たしかに月のものがあって、円《まろ》やかな女子の身体は冷えやすいものです。ですが、寒仙そのものは、女子に限ったものではございません」

「男がなにゆえに寒仙になる？」

「いつもぴんと気を張り詰めておられると、肩や首、背中、腰が張って凝《こ》り、自然に全身の血のめぐりが悪くなります。これは冷えとほぼ同じ身体の様子です。心配事があっても首や肩は凝り、不眠となって乗じ、凝りが全身に広がります。ご自身にお心当たりはございませんか？」

「たしかに」

貞則はふっと自嘲《じちょう》の笑みを洩《も》らした。

「わしのこの小袖と袴を見よ」

貞則の身繕いは用人の木村一之進とは違って、糊《のり》がぴんと張られている。生地《きじ》が透けて見えるようなこともなかった。

「こうして、三筋町の田島家の体面を保つために、木村や他の者たちに苦労をかけておる。それゆえ、その者たちが何とか、糊口《ここう》を凌《しの》げるようにと、日々、算段している。特に昨今は、どうにも、やりくりの仕様がなく、商家に借金を重ねなければならず、眠れぬこともある。本家と違い、形だけの田島である分家は苦しいものだ。父はこの苦しみから酒に逃げたが、わしは決して、それだけはすまいと思っている」

貞則はまた痛そうに顔を歪めた。

四

「食欲もかんばしくないのではありませんか？」

桂助の言葉に、

「その通りだ」

貞則は渋々頷いた。

「お薬をさしあげますので、後でさくら坂の〈いしゃ・は・くち〉まで人を寄越してください」

「その薬は効くのだろうな」

貞則は半信半疑である。

「生姜湯《しょうがゆ》の一種で寒仙に効くものがございます」

「わかった」

桂助と鋼次は屋敷を出た。

「さつきって娘の話だけかと思ってたから、桂さんが殿様の口をこじあけた時には驚いちまったよ。寿命が縮まったぜ。どうなるかと思った」

「あれだけの家の主となると、とかく心労が嵩《かさ》むのでしょうね」

「侍なんて、なりたかねえなあ」

「ところで、鋼さん、庭を見ていて何か気がつきませんでしたか？」

「広いことは広いがよくよく手入れの悪い庭だ。銀杏《いちょう》の木の根元で、去年の秋落ちた銀杏の実が腐ってたぜ」

「サツキの花が咲いていませんでしたね」

「そういやあ、そうだった」

「おかしいと思いませんか？　本家ではサツキの花が満開でした。あれはきっと宗則様のお気持ちです。サツキの花はさつきと名づけたさつき様の化身で、毎年、その花が咲き続ける限り、さつき様は生きていると信じたいからだと思います」

「宗則ってえ爺《じい》さんはそうでも、さつきの父親の安則は娘のことなどどうでもよくて、養女に出して飲み代《しろ》に替えちまったんだ。さつきって名を付けたのも本家の爺さんだし、ろくでなしの父親がわざわざ、さつきにちなんでサツキの花なんて植えやしねえだろ」

鋼次にはおかしなことだとは思えなかった。

「ですが、その父親はさつき様の神隠しに先立って亡くなっています。跡を継いだ貞則様が妹のために、なぜサツキの花を植えよう、咲かせようとしなかったのか、わたしはそれが不可解なのです」

「殿様は台所が苦しくて歯まで痛くなるほどだったろ。ってえことは、植木屋を雇って、庭をどうにかするゆとりもなかったってえことじゃねえのか。それと、なまじ同じサツキなんぞ植えちまうと、どうしても妹を思い出す。それも辛かったのかもしんねえよ」

「なるほど」

桂助は一応得心《とくしん》した。

桂助が鋼次と別れて〈いしゃ・は・くち〉に戻ると、

「ゆりえ先生、まだおいでにならないのですよ」

志保《しほ》がしきりに気にかけていた。

ゆりえは下谷《したや》にある隆昌寺《りゅうしょう》の一部を借りて、芽吹堂《めぶきどう》という手習塾を開いている女師匠であった。

「もっとも、あの方が来るのはいつも夕刻ですけれど。ゆりえ先生、とても熱心だから、そろそろ日が暮れるというのに、子どもたちに瓦版《かわらばん》を読み聞かせているのかもしれないけれど——」

ゆりえは、〈いしゃ・は・くち〉へ通ううちに、いつしか、同い年の志保と打ち解けて話すようになっていた。

「ほう、手習いに瓦版とは珍しいですね」

手習塾では往来物《おうらいもの》と言われる書簡の往復、名文などが読み書きの規範とされていた。

「ゆりえ先生によれば、芽吹堂へ通ってくる子どもたちでは、往来物についていけず、すぐに通ってこなくなるんだそうです」

芽吹堂は貧しい家からは束脩《そくしゅう》（入学金）も謝儀（月謝）も取らなかった。

それゆえ、貧しい家の子どもたちが通いやすかった。そんな子どもたちのほとんどが、食うや食わずの親の手伝いに忙しく、毎日は通えず、往来物の続きを忘れてしまうのであった。

「その点、瓦版だと読み切りですからね。市中で起きたことが、面白可笑《おもしろおか》しく書かれているので、興味が惹《ひ》かれるんでしょう。ゆりえ先生が始めた瓦版読みは人気があるんだそうです。親の手伝いを終えた後、これだけを聞きにくる子もいるんだとか——。ゆりえ先生はもっと瓦版を読みたくなればしめたもので、これで、読み書きに精を出してみようという子が、一人でも二人でも、増えてくれればと願っているのだそうです」

「見上げた心がけですね」

感心した桂助は澄みきった声で讃えた。

——ほんと、ゆりえ先生ときたら、ぴーんと筋が一本通ってて素晴らしいわ——

ゆりえは例繰方《れいくりかた》を務める北町奉行所同心の娘で、年頃になっても、決して嫁ごうとせず、手習塾の女師匠として生きる道を選んだのである。

——子どもたちの先々を思って、教えることだけが生き甲斐のゆりえ先生には、独り身を通すことに迷いがない。ゆりえ先生に比べれば、わたしなんて、まるで煩悩《ぼんのう》の塊だわ――

志保はそっと気づかれないように桂助を見た。

――わたしは桂助さんに忘れられない女《ひと》がいるとわかっていても、その女がもう、この世にはいないということに望みをつないで、こうして、そばにいるんだもの。時々、そんな自分の浅ましさが嫌になってしまう――

ゆりえの生き方を素晴らしいと思うだけではなく、羨《うらや》ましいと志保は思った。

そんな志保の心の動きを知る由もない桂助は、

「手習いの先生も苦労しておられるのですね。なるほど、それで――」

ゆりえに渡すことになっている薬袋を見つめた。

田島貞則に処方しようと思っているのと同じ、寒仙に効く生姜湯であった。ゆりえが歯痛と腹痛、頭痛、肩や背中の凝りを訴えて、桂助のところへ治療に来たのは去年の冬のことであった。桂助はこれを女子特有の典型的な冷え性と診立てた。処方した生姜湯がよく効いて、以来、ゆりえは〈いしゃ・は・くち〉へ通い続けていた。

その日、ゆりえはとうとう薬を取りに来なかった。

「桂さん、てえへんだよ」

翌日、昼過ぎて、鋼次が飛び込んできた。

ちょうど桂助は治療が一区切りついて、

――どうしたのだろうか――

再び、ゆりえの薬袋に目を落とした。その様子に、志保は、

「あたし、帰る途中に隆昌寺へ寄って渡してきます」

と申し出たところだった。

「芽吹堂がてえへんなんだ」

「ゆりえさんのところだわ」

志保が息を詰めた。

「若い女師匠の骸《むくろ》が本堂にあった。今、友田が金五のところへ報せを寄越したんだが、金五はかけつけようとしても、ろくに動けねえ。そいで、俺が代わりを頼まれたんだ。俺も男だ。弟分の頼みは無下《むげ》にはできねえが、俺一人じゃ、どのみち、猿とどっこいどっこいの知恵だ。ここへ来たのは桂さんにも一肌脱《ひとはだぬ》いでもらいてえからだ」

「若い女師匠――ゆりえ先生だわ」

志保が青ざめた。

「ゆりえ先生って？　知り合いかい？」

「患者さんなの」

志保は目を伏せた。

「わかりました。行きましょう」

桂助は支度を済ませると、鋼次と一緒に隆昌寺へと向かった。

隆昌寺の本堂には、既に友田達之助が木魚の前に陣取っていた。

「おう、来てくれたか」

友田はほっとした表情になって、

「骸はあそこだ」

大きな仏像を指差した。

「骸はあの裏にあったので、すぐには見つからなかった。まず、朝、学びに来た子どもたちが、女師匠ゆりえがいないと騒ぎ立てた。男師匠の市田鹿之助《いちだろくのすけ》はゆりえが留守にすることなど聞いておらず、とりあえずは、子どもたちと手分けして、寺中を探し廻ったところ、あのような場所に変わり果てた姿でいたという」

「ゆりえ先生に会わせていただきます」

桂助は仏像の裏へと回った。

ゆりえの骸が仏像の背に抱きつくようにもたせかけられている。

床に横たえさせると、桂助は手を合わせ、鋼次も倣《なら》った。

「絞め殺されたのだな」

友田が言った。

首に紐《ひも》で絞められた赤い痕《あと》がくっきりと残っている。

「これはせめてもの救いとなろう」

友田は少しも乱れていない着物の裾をちらりと見た。

「抗《あらが》った痕がありますｐ」

桂助はゆりえの両手を調べた。

「爪《つめ》の間が黒いですね」

「墨みたいだぜ」

「たしかにそうです」

「手習いの師匠に筆と墨は欠かせねえ。ひょいと墨が付いたんじゃねえのか」

五

「墨だけではなさそうです」

桂助は口中の治療に使う針を薬籠《やくろう》から出して、ゆりえの右中指の爪の間に差し入れた。爪から抜いた針の先に赤いものが付いている。

「それ、血なのかよ？」

鋼次は恐る恐る訊いた。

「抗ったゆりえさんが相手を引っ掻いたのでしょう」

「するってえと、相手は身体のどっかに傷を負ってるってことになんのかい？」

「ええ」

「ん？　これは何だ？」

突然、友田が頓狂《とんきょう》な声を上げて、仏像の前にしゃがみこんだ。

「どうしてこんなものがここに落ちているんだ？」

立ち上がった友田は、鼈甲《べっこう》の根付けが付いた印伝《いんでん》の財布《さいふ》を手にしていた。

「男物ですね」

根付けは恐ろしげな顔つきの虎の姿に細工されていて、印伝の財布はよくなめした鹿の皮で出来ている。

「えれえ、立派なもんじゃねえか」

鼈甲も皮も高価なものである。

「根付けに〝阪戸屋《さかどや》　半兵衛《はんべえ》〟とあるぞ」

友田の普段でも高い声がさらに甲高《かんだか》くなった。

「下谷の阪戸屋といえば、この界隈《かいわい》では知られた煙草《たばこ》問屋だ。半兵衛は倅《せがれ》に跡を譲った前の主の名だ。足を悪くして、今は近所で隠居暮らしをしておるはず。足が不自由で滅多《めった》に出歩かない半兵衛が、ここまで歩いて来られるわけなどないから、これは盗まれたものに違いない。皮財布盗っ人がここで女師匠を手にかけ、弾みで落としていったに違いない。わざわざこのような貧乏寺を選んで盗みに入るとは思いがたい――」

友田は意外な素早さで、まず骸の胸元を探った。

「紅珊瑚《べにさんご》の簪《かんざし》か」

友田は椿《つばき》の形の簪を手にしていた。

咄嗟《とっさ》に桂助は、あっさりと島田に結い上げたゆりえの頭を見た。簪は挿されていない。〈いしゃ・は・くち〉に通ってくる時も、ゆりえは簪を挿していなかった。

「仏さんが後生大事に持ってたもんなんじゃねえのか？」

鋼次はそうは言ったものの、

――紅珊瑚なんぞを、手習塾の女師匠が持ち物にできるかよ――

紅珊瑚もまた高価であった。

「なるほどな——」

友田はゆりえの骸に鋭い一瞥《いちべつ》をくれると、ゆりえの両袖に手を差し入れた。

——こりゃあ、まずいぜ——

鋼次は唖然《あぜん》とした。

——こんなこと、ありなのか——

友田は左右の手に小判を一枚ずつ握っている。

「これで決まりだ。ゆりえと申す女師匠、子どもを教えていたのは表向き、裏では盗みを働いていて、仲間割れの末、殺されたとあいわかった」

友田は自信たっぷりに言い放つと、急ぎ男師匠の市田鹿之助を呼びつけて、虎の根付けの付いた皮財布を見せた。

長身痩軀《そうく》の市田は、年の頃は四十歳ばかり、田島家分家の用人木村一之進にも増して、色の褪《さ》めた小袖を着け、袴は継《つぎ》だらけであった。

「心あたりはないか？」

「ございません。ここに通うのは子どもばかりですから」

ちらりと皮財布を見た市田は、活力のない疲れた表情で答えた。

「ここを見てみよ」

友田は根付けに彫られた文字を示した。

「祐助《ゆうすけ》」

市田は目を瞠《みは》って呟いた。

「祐助とは阪戸屋半兵衛の孫の名か？」

「はい。ここへ通ってきております」

「手習いを教えているのはおまえか？」

「なにぶん男の子でございますので、それがしが受け持っておりますが、ゆりえ先生の瓦版読みには欠かさず出ているようです」

「瓦版読み？」

市田は授業が終わってから夕刻まで続く、瓦版を使ったゆりえの指導について説明した。

「あれはたいした人気でございまして」

市田は目を細め、

「子どもというのは、ありがたい説教や偉人伝などよりも、よほど身近で起きた話の方が興味深く、血や肉が沸くものなのですよ」

口元をほころばせた。

「ただし、これは並々ならぬ熱意がなければできないことです。ゆりえ先生の熱心さには頭が下がりました」

「あなたはなさろうとはしなかったのですか？」

桂助は口を挟んだ。

「それがしも、子どもたちを教え始めて間もない頃は、昼、通ってこられない子どもたちのために、夕刻から夜の指導をしたこともあったのです。ですが、夜は灯りが欠かせず、それには油代がかかり、とても賄《まかな》うことができなくなりました。一度、挫《くじ》けてしまうと、再開する気は失《う》せてしまうものです。我ながら情けない――」

そこで市田は自嘲の笑みを浮かべ、

「それほど女師匠が仕事熱心だったとはな。てっきり、仕事の愚痴《ぐち》ばかり、並べていると思ったが――」

友田は皮肉に笑った。

「愚痴を言ってはいなかったか？」

「愚痴など一度も聞いたことがありません。ゆりえ先生は子どもたちが瓦版読みに示す興味津々《しんしん》な顔を見るのが、ことのほかうれしそうでしたから。ただ、ゆりえ先生の瓦版読みは日暮れまでなので、油代こそかかりませんが、このところずっと、お疲れのご様子でした。働きすぎで、いつか倒れるのではないかと、そればかりを案じていましたが、まさか、こんなことになるとは——」

市田は沈痛な面持《おもも》ちで目を伏せた。

「親しく女師匠を訪ねてくるような者はいなかったか？」

「年松《としまつ》——でしょうか」

「それは誰だ？」

「年松も元は昼間来ていたのですが、母親が病いで倒れ、魚売りをしなければならなくなったので一年ほど前、ここを辞《や》めました。道で偶然遭《あ》ったというゆりえ先生に励まされて、半年ほど前から、瓦版読みにだけ通ってきています」

「年松は幾つだ？」

「十三、四歳かと」

「身体つきは？」

「背の足りないそれがしです」

市田は苦笑した。

「それでは魚売りの天秤棒を担ぐのは骨が折れよう」

友田の目がきらりと光った。

「女師匠がここで手習塾を開いて教えるようになったのはいつからだ？」

「一年半ほど前からです」

「ふーん、なるほど。それで得心がいった」

――どうやら、友田様はゆりえ先生が盗っ人で、年端《としは》も行かず、きつい仕事に喘《あえ》いでいる年松を、仲間に引き込んだと決めておられる――

友田は市田に下がるように言うと、

「藤屋、どうやら、今回はおまえの力を頼むこともないようだな」

只でさえ大きい鼻の穴を膨《ふく》らませた。

「これから、年松を探して番屋《ばんや》へ呼ぶゆえ、おまえたちも、もう、帰ってよい」

「一つお願いが――」

「まあ、聞いてやろう」

「ゆりえ先生の口の中を診させてください。何か手掛かりがあるかもしれません」

「よかろう」

桂助はゆりえの唇《くちびる》を開いた。

「あっ」

鋼次が大きく叫び、

「いったい何事だ」

友田もあわてて覗《のぞ》いた。

ゆりえの白い前歯二本に黒い筋が彫られていた。

「これは、まさにあの皐月庵主喜八と同じではないか」

友田はぽかんと口を開けて、ゆりえの口元に見入った。

「念のため――」

桂助が筋を指ですくうと、お歯黒が付いてきた。

「間違いありません」

「どういうことなんだ？」

友田はまだ呆然《ぼうぜん》としている。

「あのような悪さをした与助は、首を括《くく》って死んだはず――」

「最初《はな》っから、与助とこのおかしな歯の彫り物は関わりがねえんじゃねえのかい」

鋼次はここぞとばかりに声を張り上げた。

「何もかも与助のせいにしちまうのは、見当が外れてるんだよ。夏でもねえのに、与助があの世から化けて出て、また、悪さをしたとでも言うのかい？」

知らずと鋼次は友田を睨んでいた。

しかし、友田は、

「わかったぞ」

両手を打ち合わせると、廊下に出て連呼した。

「年松だ、年松。こ奴《いつ》は根っからの悪《わる》で、与助を焚《た》きつけて、目障《めざわ》りな喜八を殺させ、歯におかしな二本の筋を彫り続けておるのだ」

六

「ですが、何のために歯に二本の筋を彫るのでしょうか？」

桂助の問い掛けに、

「決まっておろうが。自分の仕業だと見せつけるためだ。その昔、世を騒がした盗賊黒牡丹《くろぼたん》は、押し込み先に必ず、黒牡丹の絵を残した。それと同じだ。年松の裏には手《て》強《ごわ》い相手が控えているということだ」

友田はまたしても鼻の穴を広げた。

「とはいえ、歯に筋を彫り、お歯黒を塗るのは根気のいる作業です。こんなことをせずとも、ただ、紙に二本線を描けばすむこと——」

そう疑問を口にした後で、

――黒幕は歯に拘《こだわ》っているのかもしれない――

桂助はさらにまた、不可解さが増したような気がした。

「正直、俺もどうして、歯にこんなことをするのか、わかんねえんだよな」

「飾歯《しょくし》についてなら聞いたことがあります」

以前、長崎で修業中だった桂助は、はるか昔、果てしなく遠い国で行われていた、歯に飾りをつける風習について聞かされたことがあった。

「人の目に触れやすい上の前歯にずらりと、高価な玉を嵌め込むのだそうです」

「それって、歯に穴を開けるってえのかい？」

「そうです」

「痛そうだな」

ゆりえの口元に目を向けた鋼次は、

――喜八も、この女師匠も骸になってからやられたのが、まだしもってことなんだな――

たまらない気持ちになった。

すると、本堂の扉が開いて、

「それがしは北町奉行所例繰方同心喜多重三郎《きたじゅうざぶろう》、報せを聞き娘ゆりえを引き取りにまいった」

張り上げた声は掠《かす》れていた。重三郎は、ころころした短軀《たんく》で鬢《びん》に白いものが混じっている。笑顔の似合う丸い童顔は、普段なら穏やかに見えるはずだったが、今はつるりと無表情であった。

例繰方同心とは、咎人及び咎全般について調書をしたためるお役目であった。

「それがしは南町奉行所定町廻《じょうまちまわ》り同心、友田達之助だ」

友田は挨拶を済ませると、すぐに、

「これはおぬしの母御の形見ではなかろうな」

紅珊瑚の簪を見せた。

「こんな高価なものはとても――」

重三郎は首を横に振った。

「それでは盗んだものに間違いない」

「ゆりえが盗っ人だとおっしゃるのか」

重三郎は蒼白《そうはく》になった。

「如何《いか》にも。手習いの師匠をして子どもたちを欺《あざむ》いていたのだ」

憎々しげに言い切って、友田は二枚の小判と鼈甲の根付けが付いた皮財布を突き付けた。

「皮財布の持ち主は〝阪戸屋半兵衛〟。これらはすべて、おぬしの娘ゆりえの骸が身に付けていたり、そばに置いていたものだ。これがどういうことか、わかるであろう」

「あのゆりえに限って、そんなことは断じてあり得ない」

重三郎の丸い目が怒った。

「信じられない」

「気持ちはわかる。だが、これだけの証があれば、もはや、偽りとは申せぬはず。喜多殿、娘御は罪人と見なされるゆえ、役宅から野辺の送りをすることは控えよ。女師匠を騙《かた》った娘が盗っ人とわかれば、おぬしにも相応の沙汰《さた》があろう。家に戻られて沙汰を待たれよ」

友田の口調は憐憫《れんびん》の情に満ちていたが、

「友田殿は娘のことをご存じないのです。それで、盗っ人呼ばわりを――。どうか、娘について、それがしの話を聞いてほしい」

すがるように言い募る重三郎に、友田は傾ける耳を持たなかった。

「ゆりえは仲間割れの末、盗っ人仲間の年松に殺された。わしはそやつを捕らえなければならぬ」

隆昌寺を後にした。

重三郎は黙って友田を見送り、本堂の外へ出た。

桂助は鋼次に目配せすると、重三郎の後を追った。

「ここに紫陽花《あじさい》が咲いているはずだが、どこだろう？」

重三郎が振り返って訊いた。紫陽花は半日陰を好む。日当たりのいい境内《けいだい》に紫陽花は見当たらない。

「紫陽花が植えられているとしたら、裏庭でしょう」

桂助が応えると、

「そうか、そうだったな、裏庭だ」

重三郎の足は裏庭へ向かい、桂助たちもついて行った。

裏庭には紫陽花の貧相な株があった。咲いているのは、たった一花ではあったが、可憐な白い花に、ところどころ空の色が映し出されている。

「なるほど」

重三郎は初めて笑った。

「これがゆりえの植えた紫陽花なのだな」

「ということは、役宅の紫陽花なのでしょうか？」

紫陽花は挿し木で容易に増やせる。

「わが家は日当たりが悪く、門戸の近くに紫陽花の大きな株がある。ゆりえはどうしても、うちの紫陽花をここにも植えたいと言って、家で植木鉢に挿していた。昨年の今時分のことだ。その後、ぼちぼち、根が出てきているはずだと思って、植木鉢があった場所を見ると無くなっていた。おそらく、ここへ持ってきたのだとは思ったが、聞くのを忘れた。そうか、やはりここだったのだな」

重三郎は生きている娘と対面したかのように相好《そうごう》を崩《くず》した。

「これを確かめればもう、思い残すことはない」

重三郎は紫陽花の前に正座すると、やおら、脇差しを抜いて、やや突き出た腹に突き刺そうとした。

「いけません」

驚いた桂助は咄嗟《とっさ》に、刀を手にしている重三郎を羽交い締めにした。切っ先が桂助の肘を掠《かす》めて、血の筋が滲む。

「な、なにをするんでえ」

――いけねえ、このままでは桂さんが――

刀が怖くてならない鋼次だったが、重三郎の右手を捻《ひね》って、刀を落とした。

「なにゆえ、ここで果てようとなさるのですか？　ゆりえさんの咎を認めての自害とは思えません」

鋼次は重三郎の太刀《たち》を鞘《さや》ごと腰から取った。

「当然だ。死んだゆりえが盗っ人として裁かれれば、わたしにもお咎めの沙汰はあろう。だが、それは解《げ》せぬ。同じ死ぬなら、わたしはここで、この紫陽花を娘の無罪の証だと示して死にたかった。ゆりえへのせめてもの供養だ」

重三郎の目から熱いものがこぼれた。

「どうして、この紫陽花で罪を犯してねえってわかるんでえ？」

鋼次は首をかしげた。

「どうか、お話しください」

桂助は話を促した。

重三郎はしばし瞑目《めいもく》していたが、目を開けると静かな口調で語り始めた。

「それがしの妻はやす恵《え》という名で、紫陽花を蛍花《ほたるばな》と呼んでいた。紫陽花は花の色を変えつつ長く咲く。蛍花と呼ぶのには、当たらないのではないかと、それがしが異を唱えると、その時は黙っていたが、紫陽花の花が終わった後、手入れをする時に教えてくれた。紫陽花は花が終わっても散ることがない。それゆえ、咲き終わったら、切り戻しをしてやらなければならないそうだ。今年咲いた花の下の部分の芽が来年の花芽になるそうだ。だから、今年花の咲いた枝は必ず切る。この切り戻しや今年咲いた枝のことを、やす恵は蛍花と呼んでいたのだ。暗闇で自ら光を放ち、子孫を残した後は、十日と経《た》たぬうちに、その短い生涯を終える蛍に、紫陽花を準《なぞら》えたのだ。紫陽花も蛍も、後に続く者たちの行く道を、明るく照らしているかのように思えたのだろう」

そこで重三郎は一度言葉を切った。

「蛍花のことはわかったが、それがどうして、女師匠に罪がねえってことにつながるんでえ?」

思わず鋼次は疑問を口にしたが、桂助は黙ったまま、重三郎が話を続けるのを待っている。

「やす恵は草木の世話だけではなく、他人のめんどうもよく見ていた。心優しい人だと褒《ほ》められたり、感心されたりしたいからではない。〝蛍花のように、後に続く人のために花を咲かせたい〟という確固たる信念を持っていた。ようは年を重ねた者は、若者や子どもたちのために捨て石になってやらねばならず、これから花を咲かせようとしている者たちを、我が身に代えて守り、慈《いつく》しむべきだというのだ。そのやす恵はゆりえが十歳の時に流行風邪《はやりかぜ》で死んだ。やす恵は、流行風邪に見舞われていた、十人もの子沢山《こだくさん》の家の看病に出向いていたのだ。何日もその家で看護を続けたせいで、やす恵もまた流行風邪を貰《もら》ってしまい、やっと癒えた子どもたちに見送られて家路についたものの、家にたどり着く前に倒れて息を引き取った。高熱が心の臓を冒していたというのに、それを押して、病いで苦しむ子らの助けになろうとしていたのだ。やす恵は今際《いまわ》の際に、〝蛍花〟とだけ言い残したそうだ。以来、それがしたちにとって、蛍花は早世《そうせい》した、妻であり母のやす恵を指す言葉となった。そして、いつしか、ゆりえにとって、蛍花こそ、己の生き方そのものになっていたのだろう」

──それゆえ、ゆりえ先生は蛍花をここにも──

桂助は深い感動を覚えた。

七

「刀を返してくれ。お願いだ」

重三郎は二人に懇願した。

「そして、せめて、己とゆりえの無念をお上に訴えたい。おぬしたちは紫陽花がゆりえの蛍花だったと、後でお上に伝えてくれればそれでよい」

――そんなこと伝えたって、埒《らち》もねえ世迷い事だと思われるだけで、てえした証にはなんねえ――

そう思った鋼次がそれを口に出せなかったのは、悲嘆に暮れている重三郎があまりに哀れだったからである。

――娘にこんな死に方をされちまったんだからね無理もねえ。ここは、わかったと承知して、腹を切らしてやった方がいいのかもしんねえな――

「それは無駄です」

桂助は言い切った。

「無駄というか？」

「そんなことをしてもゆりえ先生の供養にはなりません」

「なにゆえだ？」

重三郎は目を尖《とが》らせた。

「まさか、あなたは娘さんを盗っ人の一味だと思ってはいないでしょう？」

「当然だ」

「だとしたら、たとえ、何があっても、自ら死を選んではなりません。過ちを認めてはならないのです」

「しかし、このままではゆりえが罪人と見なされてしまう」

「殺されたゆりえ先生に咎がないという証は、わたしたちが立てます」

「おぬしたちが？」

重三郎は不審な目で桂助と鋼次を交互に見た。

「そういえば、まだ、どこの誰とも聞いていなかった」

桂助は聖堂のさくら坂で〈いしゃ・は・くち〉を開業していると名乗り、ゆりえが患者だったこと、鋼次については身内同然で、仕事を手伝ってもらっている房楊枝職人だと言い添えた。

「この桂助先生はな、歯抜きじゃ、右に出る者がいねえ、まさに江戸一番って言われてる。だがな、ぴかーっと光ってるのは口中医の腕だけじゃねえのさ。ここだよ、ここ」

鋼次は自分の頭をこんこんと叩いた。

「悪い奴らってえのはいろいろ、悪事が見つからねえように企むだろう。そいつをこの桂さんときたら、ずばーっと探り当てて、悪事と悪人をお天道《てんとう》様の前に引きだしちまうんだ。とうとう、町奉行所なんぞよりも、もっと上の身分の高けえ人に見込まれて、悪を射貫《いぬ》くお役目が降ってきたほどだぜ。この江戸の町も桂さんさえいりゃあ、怖いものなしなんだよ。だから、大船に乗った気でいてくれていい。女師匠の仇《かたき》はきっと俺たち、いや、桂さんが討ってくれる」

「お奉行より身分の高いお方とおっしゃると――」

重三郎は戸惑《とまど》った様子である。

「言わずと知れた御側用人《おそばようにん》様だ」

「ということは、あなた方は御側用人様のお言いつけでゆりえのことを――」

――それはちょっと誤解だがな――

今度は鋼次がどぎまぎしていると、

「その通りです。御側用人様、ひいては上様《うえさま》は、わたしたちの働きを通して、江戸市中を見通されておられるのです」

桂助がさらりと言ってのけ、

「わたしたちの雇い主は真実を追及し、その上に正義が行われることを願っているのです」

熱っぽく続けた。

「これはご無礼申し上げた」

突然、重三郎は平伏した。

「町人のお姿に身を替えて、隠密《おんみつ》のお役目を果たしておられる、御側用人様御家臣の方々とは露知らず――」

――全くわかってねえな――

鋼次は吹き出しそうになった。

「ですから、娘さんの身の潔白が晴れると信じるのです。決して死んではなりません。これは上様の命に等しいものです」

「何というありがたきお言葉――」

重三郎は感涙《かんるい》して、

――でも、まあ、死ぬのを思い止まってよかったぜ――

鋼次はほっとしたものの、重三郎が番屋へと運ばれて行く娘の骸と一緒に、隆昌寺を去るのを見送ると、

「それにしても、桂さん、いいのかい？　あんな大見得《おおみえ》切っちゃって」

いささか心配になってきた。

「そもそもは鋼さんがおおぼらを吹くからですよ」

桂助に動じる様子は無い。

「さて、まずは、市田先生にお願いして、阪戸屋の祐助さんに話を聞くことにしましょう」

そう言って桂助は本堂へと戻った。

「祐助を？　ああ、なるほど、祐助なら何か知っているかもしれませんね」

市田は祐助を呼びに行ってくれた。

「わたしに何か――」

本堂へ入ってきた祐助は、つぶらな目をぱちぱちさせた。

この少年はとにかく色白で、髪を伸ばし、着物さえ赤いものを着ていたら、少女のように見えなくもない。八歳にしては背丈が伸びず、手習いよりは歌留多《かるた》が似合う様子であった。

「あれを知っていますね」

桂助は友田が木魚の隣りに置き忘れていった、阪戸屋半兵衛の皮財布を指さした。

祐助の顔がさらに白くなった。

「財布に付いている根付けには、あなたのおじいさんの名が彫られています。財布はあなたのおじいさんのものですね」

祐助は無言を続けた。

「亡くなっていたゆりえ先生の近くにあったのです。あなたに心当たりがあるはずです」

　すると、

「よかった」

　ぽつりと呟いた祐助の顔に少し赤味が戻った。

「知っているのですね」

　こくりと祐助は首を縦に振った。

「あの財布がどうしてここにあるのか、話してください」

「おじいちゃんのところからここへ移したのは、〝蛍花様〟にお供えするためだった」

　どうやら、祐助は、祖父の財布を盗んだとは思っていないようであった。

「〝蛍花様〟とは？」

　ゆりえの父の話では、蛍花とは、花が咲いた後、切り戻さなければならない紫陽花の枝であり、やす恵やゆりえが理想とする生き方であった。崇《あが》める相手ではない。

「あのね」

　急に祐助は声を潜《ひそ》めた。

「このお寺の土蔵に大きな瓶があるんだ」

「その瓶が〝蛍花様〟なのですね」

「うん。ゆりえ先生は天から舞い降りた天女なんだよ」

祐助の声は低いが得意気であった。

「天女っていうのは、とかく、地上では生きにくいものだから、ゆりえ先生が信じている〝蛍花様〟が守っているんだって。蛍花の話は先生、ことあるごとにしてくれてた。たいそうありがたい話だったけど、ほんとうは先生が言うような死んだおっかさんや、紫陽花のことじゃなくて、力があって我儘《わがまま》な神様なんだって年松が言ってた。それで、お供えをしないと、ゆりえ先生がどこか遠いところへ連れて行かれちゃうんだって。お供え物が先生の身を守るはずだって。ここじゃ、みんな、ゆりえ先生と瓦版読みが大好きだから、いなくなったら困る。どんなに悲しいか――。それで、うちから大事なものを持ってきて、〝蛍花様〟に供えた。だから、大丈夫なんだ。お供え物が先生のそばにあったんなら、〝蛍花様〟の御利益《ごりやく》で、きっとゆりえ先生は戻ってくる。死んでるように見えるのは眠っているだけさ。仏様のお庭でしばし遊んでるのかもしれないし」

祐助はそう自分に言い聞かせているようだった。

「〝蛍花様〟にお供えをしたのはあなただけではないようですね」

「うん」

祐助は何人もの子どもの名を上げた。

「ただ、〝蛍花様〟にも気に入るものと、そうでないものがあるから、饅頭《まんじゅう》一つというのでは、御機嫌を悪くさせるだけだから駄目だって、年松が言ってた。それでみんな、必死になって、家の大事なものを瓶の中へ移したんだよ。神様へのお供え物だもの、悪いことじゃないよ」

これで小判や簪の謎も解けたと鋼次は思った。念のため、子どもたち一人一人に訊くと、祐助とほぼ同じ答をした。

誰一人、年松の言葉と〝蛍花様〟を疑っていなかった。

隆昌寺からの帰途、

「友田の旦那が見破ったように、やっぱし、年松だった。子どもを操って盗ませるとは酷え手口だ」

鋼次は吐き出すように言った。

第三話　枇杷《びわ》葉湯《ようとう》売り

一

桂助《けいすけ》と鋼次《こうじ》が〈いしゃ・は・くち〉に戻ると、志保《しほ》が紫陽花《あじさい》の花を活《い》けていた。隣りの薬草園から切ってきたのである。この大株の紫陽花は、隣りの土地を薬草園にする前から咲き続けてきた。

――お、蛍花《ほたるばな》だ――

鋼次は思わず桂助の目を見た。

――女師匠が盗《ぬす》っ人《と》だったかもしれねえって話、志保さんにするのかい？――

桂助は夏空を想わせる紫陽花をじっと見つめた。

「うちの紫陽花は隆昌寺《りゅうしょう》やゆりえ先生のところのものより、早く、色が移るようですね」

どうやら桂助は、一部始終を告げるつもりのようである。

「紫陽花は毒だとわかっています」

志保もまた目の前の紫陽花から目を離せない。

紫陽花の毒は興奮、ふらつき、痙攣《けいれん》、麻痺《まひ》の末、死をもたらすことがあった。

「この花を抜いてしまえば、役に立つ薬草を植えられるのにとは思いつつも、毎年、移り変わる綺麗《きれい》な花が楽しみで、わたし、ついつい、そのままにしていたんです。でも、やっぱり、このままじゃ薬草園の場塞《ばふさ》ぎだって思って、抜こうと決心した時、ゆりえ先生のお話を聞きました」

「蛍花ですね」

「桂助さんもお知りになったのですね」

「ゆりえ先生の父上からお話をうかがいました」

「ゆりえ先生から蛍花についてお聞きした後、紫陽花は役立たずの花ではないと思ったのです。この花の手入れは人のあるべき生き方を示していると――。それで、抜かずにおこうと決めました」

「よい判断です。役に立つことのすべてが、すぐに目に見える結果に結びつくことばかりではありませんから」

「それでゆりえ先生は今、お父上のところに？　わたし、せめて最後のお別れがしたいのです」

「ゆりえ先生の亡骸《なきがら》は番屋《ばんや》です。それというのは――」

桂助は淡々と今までの経緯《いきさつ》を話した。

「あの方が盗っ人？」

志保の眉《まゆ》が上がった。

「そんなはずありません。何かの間違いです」

「わたしたちもそう信じています」

「だったら、一刻も早く、身の潔白を立ててあげてください。番屋の冷たい土間に筵《むしろ》をかけて放っておかれるなんて、ゆりえ先生が可哀想《かわいそう》すぎます」

いつになく志保は、桂助に詰めよらんばかりの勢いであった。

「けど、女師匠が盗っ人でねえとすると、何で、小判や簪《かんざし》を着物に隠してたり、皮財《かわさい》布《ふ》と関わってたんだろう？」

鋼次は素朴な疑問を口にした。

「聞かせていただいたお話では、土蔵の瓶《かめ》を〝蛍花様〟だと子どもたちに信じ込ませたのは、ゆりえ先生と親しくしていた年松《としまつ》なのでしょう？　だとしたら、年松の仕業《しわざ》ではないですか？」

志保は言い切った。

「年松が女師匠を殺して、盗みの罪を着せたってわけかい？」

「もしかしたら、ゆりえ先生、〝蛍花様〟のことを知って、年松が子どもたちに土蔵に運ばせた金品を見せ、言い逃れできない年松を諫《いさ》め、詫《わ》びさせて返させようとしていたのかも――」

「それは考えられますね。これだけの盗みを働けば罪は重い。教え子のため、ゆりえ先生は気が気ではなかったはずです」

「でも、結局、その子にゆりえ先生の想いは通じなかったのですね。口惜しい――」

志保は唇《くちびる》を噛《か》んだ。

「殺した相手の上前歯に二本の筋の彫り物をするくらいだから、年松ってえ野郎は血も涙もねえんだろうよ」

ふと鋼次は口を滑らせた。

――いけねえ。桂さんはまだ、このことを志保さんに言っちゃぁ、いなかったっけ

――

「ゆりえ先生の歯に二本の黒い筋ですって？」

志保の眉はさらに上がった。

「喜八《きはち》さんと同じ二本の黒い筋です」

桂助は目を伏せた。

「酷《ひど》いわ」

志保は感情を押さえることができなかった。

「骸《むくろ》への辱《はずかし》めが続くなんて。わたし、断じて許せない」

「わたしも同じ想いです」

――骸が辱められる――たしかにその通りだ――

「年松は喜八さんに恨みでもあったのかな。恨みがなきゃ、与助《よすけ》を焚《た》きつけて殺させた後、喜八さんの歯に二本の筋を彫るはずがねえ」

鋼次は黒幕は年松と思い込んでいる。

「ま、そのあたりは、友田《ともだ》が年松を引っ捕らえて泥を吐《は》かせるだろうよ。そうしてやらなきゃ、死んだ喜八さんや与助が浮かばれねえってもんだぜ」

そして三人は志保の活けた紫陽花の前で、静かにゆりえの冥福《めいふく》を祈った。

それから四日、五日と過ぎたが、どこへ姿をくらませたのか、杳《よう》として年松の行方《ゆくえ》は知れなかった。

〈いしゃ・は・くち〉へ立ち寄った友田は、

「骸の歯に彫り物を残すは悪質な所業ゆえ、早く召し捕れとお奉行様から矢のような催促が、年番与力様に届いている。何をしているのかと、日々、小言《こごと》を言われて、耳ではなく、いささか歯が痛くなってきた」

歯草《はくさ》の悪化をぼやいた。

「気分直しに過ごされる御酒が悪いのです」

桂助は治療用の箆《へら》を用いて、赤く腫《は》れた友田の歯茎を清めた。

なにも酒だけで歯草が悪くなるわけではないが、友田のような重度の歯草では、何日も酒を過ごし、口中が汚れたまま、眠ってしまって朝を迎えると、確実に歯茎が膿《うみ》を持つ。そのせいで、頭が重く、どんよりと気分がすぐれなくなることもある。

「年松は喜八さん、与助さんと顔見知りだったのでしょうか」

これは鋼次も疑問に思っていた。

「それがどうしたというのだ？」

友田は不機嫌である。

歯と歯茎の間から、膿を取り除く治療は長くかかり、歯抜きほどではないにせよ、痛みを伴う。

「顔見知りということでないと、上前歯に彫られた二本の筋を年松の仕業だと見なすことができません。顔見知りだったかどうか、お調べいただくことはできませんか」

桂助は丁寧《ていねい》に頼んだが、

「そんなことは年松を捕らえればわかる」

友田は遮るようにして言い切ると、

「それにしても、治療の痕《あと》が疼《うず》いてかなわん――」

両頬《りょうほお》を両手で包み込むようにして帰って行った。

金五《きんご》が鋼次に伴われ、痛む足を引きずって〈いしゃ・は・くち〉を訪れたのは、二日後のことであった。

「もうしばらく、養生してねえといけねえって、ばあちゃんが心配するんだが、魚売りの年松がゆりえ先生を殺した下手人《げしゅにん》だって、俺《おれ》が言ったとたん、こいつときたら、人が変わったみてえに、いきりたっちまって――」

「年松は下手人なんかじゃない」

叩きつけるように金五は言った。

「年松はあなたとも親しかったのですね」

桂助は穏やかな口調で念を押した。

「うん」

「あなたが年松を喜八さんに引き合わせたのでは？」

「そうさ。あいつも、おいらみたいにちょいと道を逸れかけたことがあるんだ。こずかい銭欲しさに、掏摸《すり》の仲間に入りかけてたところを、見てらんなくておいらが声かけて、止めさせたのさ。喜八さんとこへ連れてったのは、何しろ、あいつ、魚より蕎麦《そ》より蕎麦《ば》が好きだったから。年松の蕎麦好きに目を細めた喜八さんは、とことん蕎麦打ちの修業をさせて、一人前にする気でいた。けど、そのうちに、あいつんち、仲居をしてたおっかさんが重い病いになっちまった。おとっつぁんとは死に別れだし、あいつ、蕎麦打ち修業なんていう、悠長《ゆうちょう》なことしてらんなくなったのさ。それであいつは、早起きができて、魚を乗せた天秤棒《てんびんぼう》さえ担げれば、わりに日銭《ひぜに》が稼げる魚売りになった。年松は魚売り屋の稼ぎで満足していたはずだよ。盗っ人になんぞなるわけがない」

金五は言い切った。

「これで年松と喜八がつながったな」

鋼次は呟《つぶや》いて、

「年松が喜八の皐月庵《さつきあん》に出入りしてたんなら、与六《よろく》や与助とも顔を合わせてるんじゃねえのかよ」

隠し立てするなと言わんばかりに、金五を睨《にら》みつけた。

「先月、年松に道でばったり遭《あ》った時、〝約束を違《たが》えちまった。喜八さんにはもう、合わせる顔がない〟って恥じてた。おいらはあいつの言葉を信じる」

二

「年松さんの家はどこですか？」

桂助は金五に訊《き》いた。

「池之端《いけのはた》だよ」

「そこへ行ってみましょう。臥《ふ》せってるお母さんが、何か知っているかもしれません」

「うん、でも——」

金五はもぞもぞと躊躇《ためら》ってから、

「年松のおっかさんのとこなら、とっくに友田の旦那が押しかけてるはずだよ。毎日、年松が帰ってないかって、訊ねに通ってると思うし」

「そうだとは思いますが、何か新しい手掛かりがつかめるかもしれません」

桂助は退《ひ》かなかった。

年松母子《おやこ》の住む八十兵衛《やそべえ》長屋は、冬になると空っ風が吹きつけ、毎年、屋根瓦《がわら》が吹き飛ぶ家が多いことで知られている。瓦の吹き飛んだ屋根は、今もまだ、修復されずに、ぼこぼこと穴が開いていた。

――こりゃあ、長雨でも続くとやりきれねえだろうな。畳も布団《ふとん》も、炭まで湿っちまうだろうから。湿気は特に病人には堪《こた》える――

鋼次は自分が年松で、病気の母親を抱えているなら、一刻も早く、屋根の瓦が揃《そろ》っていて、雨漏りなどとは無縁な家に引っ越したいだろうと思った。

――おっと。そう考えると、年松は魚売りが気に入ってなかったことになっちまう――

鋼次は複雑な気持ちで、

「おばさん、金五だ。ごめんよ」

声を掛けて油障子《あぶらしょうじ》を開ける金五を見守った。

「金五さん、来ておくれだね」

年松の母さのが、薄い布団の上に横になっていた。顔色が悪く窶《やつ》れ果てて見えるのは、病いのせいばかりではないだろう。

「おばさん、御膳はちゃんと食べてるんだろうね」

「有り難いことに、お役人――友田様とおっしゃる方が、毎日、煮売りや混ぜ飯などを持ってきてくださるんで、不自由はしてませんよ」

――食い物で母親の機嫌を取るのは、年松が帰ってきたら、すぐに報《しら》せさせるためにはちげえねえが、そいつを割り引いても、友田にもそこそこいいところはあるんだな――

鋼次はこのところ、友田を見直している。

桂助と鋼次の二人が挨拶をすると、

「こんな姿ですまないねえ」

起き上がろうとしたおさのは、ごほごほと咳《せき》をこぼした。

「そのままでいいよ。おばさん。病いに無理は禁物だ。これ以上、おばさんが弱ったら、きっと年松が悲しむ」

金五は、あわてて、おさのの背中をさすった。

「年松、あの子――」

おさのは涙ぐんだ。

「やっぱり、あの子、友田様の言う通り、恩ある女師匠さんを手にかけたんでしょうか？　そうじゃないって信じたくても、あの子は親孝行でしたからね。雨漏りのする家はあたしの身体《からだ》に悪い、梅雨《つゆ》までには、引っ越しをしなきゃって、始終言ってましたから、お金持ちの子どもたちに盗みを唆《そそのか》したのも、年松なのかもしれません。そうだとしても、悪いのはあたしです。あたしさえ、こんな病いに罹《かか》らなければ――」

絶句したおさのは、もう、これ以上、先を続けることができなかった。

「お母さん」

桂助は呼びかけた。

「お金持ちの子どもたちに盗みを唆したという話を、どなたから聞きましたか？」

──そうだ。阪戸屋《さかどや》の孫の祐助《ゆうすけ》に話を聞いた時、友田はそこに居なかった。年松のおっかさんはいったい、誰にそのことを聞いたんだろう？──

「実は一度、夕暮れ時に隆昌寺から男の人がここへ来たんです」

「どんな男でしたか？」

「亡くなった女先生と一緒に子どもを教えていると言っていました」

「名前は？」

「言いませんでした。年松がこんなことになって心を痛めているが、町方というのはどんな相手でも疑うのが仕事だから、ここへ来たことを誰にも言ってほしくない、だから名乗らないのだと──」

鋼次は素早く金五の耳に口を寄せて囁《ささや》いた。

「こいつはたぶん、市田《いちだ》ってえ、男師匠のことだよ」

「その男が子どもたちに盗みを唆したのは、年松さんだと言ったのですね」

桂助は念を押した。

「ええ」

おさのは目を伏せた。

「他には？」

「そんな事情だから、この家のどこかに、年松が子どもたちに盗ませた物を隠しているかもしれないと言いました。悪いのは言葉巧みに盗みをさせていた女師匠で、思い余って年松がその女を殺したのも、無理はないと同情してくれました。ただし、このままでは殺しと盗みで首が飛ぶ。救いは、盗みをしたのが子どもたち各々で、たいていは自分の家や身内から盗んだのだから、盗みの罪にはならない。殺しの方は、いずれ女師匠が極悪人とわかれば、お上にも慈悲はある。年松がまだ子どもで、どんな色にも染まりやすい年頃だということでもあり、罪一等は減じられて、命で償うことにはならないだろうと――。そのためには、すぐにも年松が隠しているものがあれば、盗まれた家に返さなければならないそうで、それで、ここを家捜《やさが》ししたんです」

「見つかりましたか？」

おさのは首を横に振った。

「天井裏、竃《かまど》、瓶、火鉢の灰の中、終《しま》いには無理やりあたしを起こして、畳をあげて探して行きましたが、何も──」

「その時、隆昌寺から来た男はどんな様子でしたか？」

「形相《ぎょうそう》が変わって見えるほど熱心でした。ああ、それと──」

「何か思いだしたのですね」

「腕に布を巻いて怪我をしているようでした。それなのに、年松のために苦労をかけているのが、何とも、申しわけなく思いました」

「なるほど、そうでしたか」

　桂助が礼を言って出て行こうとすると、

「あの子は何を隠し持っているのでしょうか？　お願いです。あの子を見つけたら、隆昌寺まで届けるよう言ってください。そうすれば、命だけは助かるのですから」

　おさのは振り絞るような声を出して、激しく咳込んだ。

　八十兵衛長屋を出ると、

「市田という男は信用ならねえ」

　金五は市田への疑惑を洩《も》らした。

「何のために市田は探しものに精を出していたんでえ？」

　鋼次は首をかしげた。

「それはこれからわかります。間に合えばよいが——」

桂助は隆昌寺へと走り出した。

「待ってくれ、桂さん」

後を追おうとした鋼次だったが、立ち止まって振り返った。

「仕様がねえな」

屈《かが》んで背中を見せた。

「兄貴、すまねえ」

「蚊《か》とんぼの邪魔な手足を畳んで、しっかり、つかまってな」

鋼次は金五を背負って、豆粒ほどになってしまった桂助の後を懸命に追った。

山下《やました》のあたりで追いつき、そこからは並んで走った。

隆昌寺に着いた時、鋼次はぜいぜいと息を切らしていたが、桂助は荒い息一つつかず、

「裏手から回って土蔵へ入るのです」

きびきびと指示した。

「兄貴、おいらを下ろしてくれよ。大丈夫だから」

金五は懇願したが、

「いいから無理すんな」

鋼次は金五を背負い続けたまま、桂助と共に寺の裏門へと走った。

裏門を潜《くぐ》り抜けると正面にどっしりと重い造りの土蔵がある。

幸い、錠前は外れたままである。

「行きましょう」

桂助が扉を開けた。

――何ってこった――

「年松」

金五が叫んだ。

年松は荒縄でぐるぐる巻きにされて土間の上に転がされている。年松の腫れて血の滴《したた》っている顔には目が無いように見えた。

「嗅ぎつけたな」

振り返った男の手には、血の付いた木刀が握られていた。男は市田鹿之助《ろくのすけ》であった。

市田はぞっとするほど冷酷なまなざしで、三人を見据えると、

「一人殺《あや》めれば、何人殺めようと同じこと。ちょうどいい。仲良く冥途《めいど》へ送ってやろう」

木刀を振りかざして迫ってきた。

三

「神妙にしろ」

金五の十手が市田めがけて飛んだ。

しかし、鋼次の背中からでは手元が狂ったのか、十手は市田の足許に落ちた。

「おのれ」

ますます市田はいきり立った。

「小癪《こしゃく》な。かくなる上はこいつ同様、うんと痛めつけてやるぞ」

鋼次の頭めがけて木刀を振り下ろそうとした市田が、うっと叫んでのけぞり、ぽろりと木刀を取り落とした。

桂助が市田の顔に投げつけたのは、常から懐に入れて備えている銀の篦であった。

「この野郎」

鋼次は叫んで金五をおぶったまま突進した。体当たりされた市田が尻餅をついた。

「こう見えても喧嘩《けんか》は強えんだ。素手なら、背中に荷物を背負っても俺が勝つぜ」

「よくも年松を」

金五が拳《こぶし》を突きだしかけた。

「鋼さん、金五さん」

桂助は落ちている十手を拾い、金五に渡した。

「あなたにはお役目があるはずです」

「そうだった」

金五は顔を赤くして、

「兄貴、下ろしてくれ」

鋼次に頼んだ。

金五を背中から下ろした鋼次は、素早く市田に飛び掛かって、羽交い締めにした。

「逃げないようにふん縛っとけ」

市田の袖をまくった鋼次は、かさぶたのできた引《ひ》っ掻《か》き傷を見つけた。

その間に桂助は年松の縄を解いた。

「年松」

金五が痛む足を引きずって近寄ると、

「大丈夫です。気を失っているだけですから。顔の傷は酷いですが、命に関わるものではありません。幸いでした」

「よかった、よかった」

鋼次は自分のことのように喜び、

「兄貴――」

金五は言葉を詰まらせた。

そして、桂助の介抱《かいほう》で気を取り戻した年松は、

「やっぱり兄貴か。助けにきてくれたんだね」

金五を兄貴と呼んだ。


こうして、女師匠ゆりえ殺害の真の下手人が捕らえられた。

責め詮議を恐れた市田は、己の悪行を洗いざらい白状した。

「祖父の代からの浪人暮らし、幼い頃から、傘を貼る糊《のり》の臭いが嫌でならなかった。

読み書きは好きで、学問で身を立ててはどうかと、父に勧《すす》められたものの、たとえ学問が人より出来たところで、強い引きがなければ、仕官などおぼつかないことがわかった。強い引きが金で買えることもあるが、もとより、長屋住まいの浪人の倅《せがれ》の望むことではない。わが身の力量を知って手習いの師匠になった。子どもは好きではなか

ったが、仕事柄、仕様がないと割り切って、浮かべたくない笑顔を絶やさずに来た。笑顔を作る時、決まって想像するのは、金を湯水のように楽しく使う自分の姿だった。いつしか、日々、金が欲しい、欲しいと思うようになっていた。金があれば、幼い頃の惨《みじ》めな思い出が消えてなくなると思えた。金のある身で人生をやり直したいとまで思い詰めていたのだ」

　白昼夢《はくちゅうむ》を見ていた市田の元に、ゆりえが女師匠として現れたのである。

「凛《りん》として気品があり、名の通り、白百合《しらゆり》の花のように芳《かんば》しく美しい女だった。それがしは、しばし、金がすべてだという白昼夢を忘れた。一目でゆりえに恋をし、妻にしたい女がそれがしにも居たのだと感じた。

　ところがゆりえは、『お気持ちはうれしく思いますが、どなたにも嫁さず、子どもたちを教え導きたいとわが身を定めております』と言ってそれがしを拒んだ。この時、ゆりえは喜多《きた》家での蛍花の謂《い》われと、母やす恵《え》の生きざまを話した。蛍花などうでもよいとそれがしは思った。これほど怒りと口惜しさで心が塞《ふさ》がったことはなかった。何日も眠れぬ夜が続いて、ゆりえがそれがしよりも蛍花を選んだのだと思うと、蛍花が憎くなって、深夜に隆昌寺まで走り、ゆりえが植えた裏庭の紫陽花を、根こそぎ抜いて捨ててやろうとまで考えた。月の光の下で鍬《くわ》を手にして、紫陽花の前に立った時、つと人影が立った。覆面姿《ふくめん》の上、後ろを向いたままで、よほどの用心深さだ。人影は口を開いた。『憤懣《ふんまん》があるようだ。ことと次第によっては、心を晴らしてやろう』、低い声で囁くように言った。どこぞで聞き覚えがあったような気もするが、定かではない。そこで、それがしは、『ゆりえが崇《あが》め奉り、自らの規範とする蛍花を完膚《かんぷ》なきまで汚して、地に落としてやりたい』と言った。すると人影は、『ならば、懐も潤い、金に飽かして浮き世の憂さを晴らすやり方がよかろう』と続けた。持ちかけてきたのは、一挙両得のたいした企みだった。それがしは紫陽花を抜くのを止めて、この計画を推し進めることにした。可愛《かわい》さ余って憎さ百倍、あれほど愛《いと》おしかったゆりえが、憎くて憎くて仕方がなくなったのだ。当初は熱心だ、感心だと思えた瓦版《かわらばん》読みにしても、生意気だ、子どもに媚《こ》びて好かれようとしているとしか感じられなくなった。昼過ぎから夕方まで、瓦版を読み合う声が聞こえてくると、虫酸《むしず》が走ったものだ。いらいらして怒鳴り散らしたくて、どうにも仕様がなかったが、ここで不審を抱かれては、せっかくの企みが不意になると思い、『辛抱《しんぼう》、辛抱』とひたすら自分に言い聞かせて耐えた。そして、この企みのために年松に目をつけた。家の事情で魚売りになった年松は、ゆりえの瓦版読みに熱心に通っていた。年松に片棒を担がせようと思いついたのは、風の強い初夏のある日、担いでいた天秤棒がぐらりと揺れて、半台（桶《おけ》）に乗っていた初鰹《はつがつお》が、地べたに落ちたのを、目にした時だった。年松は左右を見回した。それがしが見ているとは気がついていない。年松は泥の付いた初鰹を拾って半台に戻すと、大川へ向かって歩き始めた。それがしはそっと後を尾行《つけ》た。年松は人目を忍んで鰹についた土を落とした。そして、半台に戻すと、裏店《うらだな》を『鰹だよ、初物だよ、鰹、初鰹』と売り歩いて行った。鰹をおろす手つきもなかなかのものだった。売り切れた時を見計らって、声を掛け、『さっきは風にやられて大変だったな』と耳元で囁くと、案の定、年松は真《ま》っ青《さお》になって震えだした」

初鰹は江戸っ子なら誰でも目の色を変える旬《しゅん》の贅沢品《ぜいたくひん》であった。女房を質に入れなければ、口にすることができないと言われるほどの高値が付いた。

「それがしはさらに、『おまえが幾らで売ったかも知っているぞ。一度土の付いたものを、そうでないものと同じ値で売っていた。あこぎな商《あきな》いをしたものだ』と言い募った。最後に『番屋に突き出すことも考えている』と脅すと、病気で寝ている母親のことを訴えて、どうか、それだけは止めてくれと泣いてすがり、稼いだ金を渡してきた。それがしはこれは隆昌寺の土蔵におわす〝蛍花様〟にさしあげると言い、実はゆりえ先生はこの世の者ではなく天女で、この世に居続けるには、何より〝蛍花様〟の御加護、金品の貢ぎ物が必要なのだと説いた。ひいては、他のゆりえ先生を慕っている子どもたちに伝えて、貢ぎ物を〝蛍花様〟まで運ぶようにと――。この時、黙って頷いた年松の目はそれがしの話を信じていなかった。だが、逆らえば、魚売りを続けられないどころか、番屋に突き出される。そうなったら、病気の母親のめんどうをみる者は誰もいない。年松はそれがしに命じられるままに動いた。年松よりも幼く、苦労を知らない金持ちの子どもたちは、難なく、それがしのでっちあげ話を信じた。ゆりえは常から、信条とする蛍花の話を子どもたちにもしていたので、信じやすかったのだ。それがしは年松に、『いいか、決して、〝蛍花様〟のことを、ゆりえ先生に知られてはならぬぞ。〝蛍花様〟のことは他言無用だ。〝蛍花様〟はゆりえ先生を蔭ながら、温かく見守られているのがお好きなのだから。話したりしたら、きっと、〝蛍花様〟はたいそうお怒りになり、ゆりえ先生を天上へ戻してしまわれるかもしれない』と言って、厳しく口止めした。大人が考えれば、これでは〝蛍花様〟が狭量《きょうりょう》すぎて胡散臭《うさんくさ》いとわかる。年松とてそう思ったろう。だが、番屋に突き出されたくない年松は信じたふりをして、それがしに命じられた通り、子どもたちを騙《だま》したのだ」

四

こうして市田は〝蛍花様〟の恩恵に与《あずか》り続けたが、欲が勝ちすぎて墓穴《ぼけつ》を掘った。

「子どもの一人が、京から飛脚《ひきゃく》が届けてきたという干菓子《ひがし》を一箱、〝蛍花様〟の瓶の中に入れた。酒ならまだしも、それがしは菓子を好まぬ。饅頭《まんじゅう》を入れた者を年松に叱らせたばかりなので、『これは〝蛍花様〟のお気に召さない』と返させた。それがしは、干菓子を供物とした女の子の家は、海産物商いで財を成したあの酒田屋《さかたや》だ。それがしは、干菓子などではない、もっと金目のものが欲しかった。しかし、女の子というものはとかく真面目《まじめ》が過ぎる。その子は、菓子など食って消してしまえばよいものを、飛脚を頼むほど菓子好きの祖母に返さねばと思ったようだ。だが、今更、返したら、盗んだ理由《わけ》を訊かれる。思い余って、こともあろうにゆりえに相談した。何とか、〝蛍花様〟に思い直してもらい、菓子を食べてもらえないものだろうか――。あれほど、〝蛍花様〟のことをゆりえにだけは洩らしてはいけないと言ったのに――」

市田は憤懣やるかたない表情になった。

「〝蛍花様〟の話を知ったゆりえは、まずは年松を問い詰めた。年松は何も話さなかった。年松から報せを受けたそれがしは、あわてて土蔵の〝蛍花様〟を裏庭に埋めた。女の子は、他の子どもたちから秘密を洩らしたとして、辛《つら》く当たられ、いたたまれず、とうとう通ってこなくなった。年松には『一時《いっとき》、〝蛍花様〟は地上をお離れになっておられるが、時期が来れば戻って来られる』と言わせた。ゆりえが酒田屋の娘を案じて、『一度、様子を見に行きたいのですが、先方にご迷惑でしょうか?』とそれがしに訊いてきたので、それがしは『親なら夢幻を見た娘のことは、そっとしておいてもらいたいでしょうね』と答えた。ゆりえはことあるごとにその娘を案じた。そんなある日のこと、あの文《ふみ》が届いた――」

文には、ゆりえが酒田屋の娘の元へ通って、さまざまな話を聞いていると書かれていた。

「文を読んだ時、これは企みに生きようと決めたあの夜、それがしの前に立った人影だとすぐわかった。『これは警告だ』という一文から始まって、『かくなる上はどうしたら我が身を守れるか、承知していることとは思うが、三日後の夕刻、ゆりえを本堂に呼び寄せるのであれば、下手人と疑われぬよう助太刀《すけだち》いたす』と結ばれていた」

文が市田にゆりえ殺しを示唆《しさ》したのであった。

「文の途中には、『それがしはおまえを知り、おまえはそれがしを知らぬ。ならば、それがしがおまえの悪行を記して訴え出れば、身を滅ぼすのはおまえのみ』とも書かれていた。言う通りに、ゆりえを本堂で殺さなければ、お上に報せるというのだ。選択の余地は無かった」

文に怯《おび》えた市田は、かつては想いを寄せていたゆりえに話があると伝え、薄暗い本堂の中で絞め殺した。

「この時、大粒の真珠を落としてしまった。すぐ気が付いて戻ったところ、真っ青な顔で震えている年松と出くわした。これは〝蛍花様〟の貢ぎ物の中でも、最も高値が見込める逸品だった。『おまえがやったんだな』とそれがしは決めつけたが、年松は首を横に振り続けた。『このままではおまえが疑われる。よし、匿《かくま》ってやろう』、そう言って、年松を土蔵に閉じ込めた。目的は真珠を取り戻すためで、在処《ありか》がわかったら、殺して大川へ沈めるつもりでいた。年松はいくら責めても、『そんなものは知らない』と口を割らなかったが――」

桂助は、この話を友田から聞くと、静かに話し始めた。

「不平不満ばかりを募らせ、罪の無い人たちに八つ当たりして生きていく心の貧しい人たち――。このような不幸な人たちを操って、さらなる地獄へ突き落とし、己は高みの見物を決め込む。とてつもなく悪辣《あくらつ》で奸智《かんち》に長《た》けた奴《やつ》を、わたしは絶対に許せません。いや、許してはいけないのです」

桂助のいつにない強い口調に友田は驚いた。

後日、白州《しらす》に引き出された市田は打ち首と決まった。

身内の子どもや孫たちに金品を持ち出された大人たちは、この事実を秘して語らず終《じま》いだった。隆昌寺の裏庭が掘られて、盗品がそれぞれの家へ返されることもなかった。

このことで、年松は盗みの示唆さえしていないということになり、市田に脅されて、根も葉もない話を子どもたちにした事実だけが咎《とが》められた。百叩きを五十に減らしての軽い償いで済まされたのである。

年松は母さのの世話を続けられるのが何よりうれしい、よかった、有り難いと、毎日、南町奉行所のある数寄屋橋《すきやばし》の方角を拝み続けているという。

桂助は気になって酒田屋を訪ねた。酒田屋の娘しのは、

「お師匠さんとは会いたかったわ。でも、あの時は、あたしの話は嘘だ、夢でも見たんだろう、おしのは少し気が触れてるってことになってたから——。一度も、来てはくれなかった。あたし、瓦版読みも先生も大好きだったのに——」

涙ぐんでゆりえをなつかしんだ。

「ゆりえ先生は市田の悪事の証など摑《つか》んではいなかった。市田が見た夜分の人影がでっちあげたのです。その人物は市田を使って、どうしても、ゆりえ先生を亡き者にしたかったのでしょう」

桂助は友田に告げた。

「すると、女師匠の歯に二本の筋を彫ったのもそやつか？」

悪事を事細かに語った市田だったが、二本の筋を彫ったことだけは認めていなかった。

「歯に二本の筋を彫ることが、この人物なりの助太刀です。喜八さんの歯にも二本の筋が彫られていましたが、喜八さんと市田は全くつながりません。それゆえ、市田は疑われずにすむはずだと言いたかったのでしょう」

「つまり、市田の前に現れて悪事を持ちかけた奴が、喜八のことも知っていて、与助を唆していたというわけか」

「間違いありません」

「年松は真珠など落ちていなかったと言っておる。真珠もそやつの手にあるのか？」

「以前にもお話ししましたが、歯に筋を彫るのには時がかかります。そして、黒幕は覆面の上、後ろ姿しか見せないほど用心深い。おそらく、この悪党は本堂の奥に隠れて、市田がゆりえ先生を殺すのを見ていたはずです。そこで、市田の落とした真珠を拾ったのです。もちろん、年松さんがやってきて、骸を見つけて驚く様子も、つぶさに見ていたのではないかと思うのです」

「年松は市田から、隆昌寺の本堂へ来るようにと文が届いたと言っていた」

一方、市田はそんな文は出していないと言い切った。

「年松を女師匠殺しの罪に落とす。なるほどそれもまた、市田への助太刀になるな」

「助太刀というよりも、無実の若者を罪に落とし、お上に命を奪わせようとしたのです」

桂助は眉を上げた。

「しかし、何のために？」

「お上を嗤《わら》うためです」

「世の中を騒がせて喜ぶのが目的で、こんな残忍なことを続けているというのか？」

「そうとしか考えられません」

「とても信じられん」

友田は首を横に振り続けた。

「そんな奴がこの世にいるとは、とても思えんし、今まで、わしが捕らえてきた連中の中にも、そこまで心根《こころね》の腐りきった奴はいない。色欲、物欲、食欲等と人の欲はさまざまだが、どんな咎人《とがにん》も、そんな欲の一つにかられて、悪事を犯すのだ。お上を嗤うための咎などありはしないのだ」

「たしかにあってはほしくないと思います」

桂助は相づちを打ったものの、その目はいつになく深い憂いを含んでいた。


それから、何日か、何事もなく過ぎた。

「桂助さん、岸田《きしだ》様より文が届いています」

志保はこのところ、紫陽花を欠かさず活けている。

ゆりえの潔白が明らかになったことを知って、

「ほんとうによかった」

志保は心の霧が晴れるのを感じ、以前にも増して、蛍花を付ける紫陽花が好きでたまらなくなったのである。

「今日は昼で仕舞いにします」

桂助は志保に休診の札を掛けることと、鋼次に来てもらうようことづてを頼んだ。

「桂さん、何事だい？」

ほどなく、鋼次が走ってやってきた。

「もう、事件はいいよ。いいことしてる人たちばっかし殺されちまうのが、たまんねえ。まあ、この間のは、年松が助かっただけ、めっけもんだった。首を吊《つ》った与助は可哀想すぎる」

「岸田様からの催促です」

「ああ、あのいなくなっちまったさつき様だな」

――また、あれか――

鋼次は気乗りがしない。

「分家筋の田島貞則《たじまさだのり》様をお訪ねした旨《むね》は文でお伝えしていました。その際、これといった手掛かりが得られなかったので、一つ、岸田様にお願い事をしました」

五

「ふーん」

もちろん鋼次は面白《おもしろ》くない。

――この話ときたら、いつでも岸田絡《がら》みなんだから――

「田島家御本家に、当時、さつき様の身の周りの世話をしていた女子《おなご》の消息を、お知らせいただきたいと、岸田様を通じてお訊ねしていただいていたのです」

「たしかにもう十年も前のこととなると、御屋敷にはいねえやね」

「女子はおけいさんといって、銀座町《ぎんざ》の薬種問屋中丸屋《なかまるや》に嫁いでいるそうです」

「中丸屋といやあ、老舗《しにせ》の薬種問屋だぜ」

そこそこ財をなした町人が、娘を武家に行儀見習いに出すのは、良縁ねらいが目的であった。

「わかったよ。そのお内儀《かみ》に会いに行くんで、桂さんは俺を呼んだんだろう」

鋼次は気が進んでいない様子を続けたが、

――やっぱ、俺がいねえとな――

内心は満更《まんざら》でもないのである。

桂助が自分を頼りにしてくれているのがうれしい。

「迷惑でしたか？」

「そんなことはねえよ」

「いつもすみません」

「いいってことよ」

――まあ、俺じゃ、てえして役にも立たねえんだろうけど――

わかっている。

中丸屋では二人がお内儀に会いたいと言って名乗って、田島宗則の名を出すと、奥へ取り次いだ手代が大急ぎで戻ってきて、奥まった客間に通された。

「けいでございます」

入ってきたお内儀は、痩《や》せて小柄ではあったが、笑い皺《じわ》が多く、働き者で、如何《いか》にも客あしらいや店の切り盛りが上手そうに見える。

「わたしは嫁ぐ前、駿河台《するがだい》の田島様に上がっておりました。その御縁で今でも、田島の御前様にはご贔屓《ひいき》にしていただいております。昨日、主《あるじ》が田島様へ伺った折、御前様に呼ばれ、〝さつきのことで、訪ねてくる者がいたら、ゆめゆめ粗略にせず、おけいに話をさせるように〟とおっしゃったそうなのです。お待ち申し上げておりました」

――爺《じい》さんはまた、あの辛気《しんき》くせえ納屋に、中丸屋の主を呼び入れたんだろう――

「お訊ねになりたいことがございましたら、何なりとおっしゃってください」

「さつき様はどんなご性格でしたか？」

早速桂助は訊いた。

「美しさは類《たぐ》い希《まれ》で、人の心に添う賢さを持ち合わせていて、日頃はたいそう物静かなお方でした」

「笑い顔を覚えておいでですか？」

「思い出せません。わたしはこの年齢《とし》になっても笑い上戸《じょうご》で、若かったあの頃は、箸が転んでも笑いが止まらないような有様で、いつだったか、〝いいわね。おけいはそんなに笑えて〟とさつき様に言われました。そのお顔があんまりお寂しそうだったので、以後はさつき様の前では堪《こら》えて、なるべく笑わないようにしておりました」

「怒った顔を見たことは？」

おけいは首を横に振って、

「誰に対してもお優しいお方でした」

「哀しみに沈んでいるようなことはなかったのですか？」

「一度、お部屋からお庭をご覧になっていて、迷い込んだ蛇《へび》が池の蛙《かえる》を捕って呑《の》むのをご覧になっていました。一緒に見ていたわたしは〝きゃっ〟と声を上げましたが、さつき様は声一つ上げずにじっと見つめていたのです。その目は、何というか、言葉に言い尽くせない哀しみが溢れていたのです。蛙を呑んだ蛇が姿を消すと、ぽつりと〝弱い者は金輪際《こんりんざい》救われませんね〟とおっしゃいました」

――母親とも、父親に虐《いじ》められた過去が蘇《よみがえ》ったのだろう――

桂助は会ったこともない、この世に生きているかどうかもわからない、さつきが哀れでならなかった。

「熱心だった稽古事は？」

「田島の御前様は、さつき様にゆくゆくは婿養子を迎えて、跡を継がせるおつもりのようでしたので、琴や仕舞《しまい》、生け花、茶の湯、水墨画等、武家の女のたしなみは何でもさせておられました。日々、稽古事が続いてお疲れではないかと案じたほどです。素直なさつき様は決して嫌とは言わず、どれにも精進《しょうじん》され、非凡な才を発揮されておられましたが、実は庭でのシダ集めがお好きだったのです。これは御前様には内緒で、わたしとさつき様だけの秘密でした」

「シダとは草木の羊歯のことですね」

桂助は念を押した。

「ええ。御屋敷の裏手に、さまざまなシダが茂っておりました。どれも似ているように見えるシダの違いを、見分けるのが興味深いのだとお話しくださいました。それからこんなことも――。〝おけい、花をつけないシダを誰も愛《め》でようとはしないけれど、神様は無用なものはお造りにならない。シダには愛でられるのではない、もっと別の素晴らしい取り柄があるはずよ〟。さつき様はたおやかな見た目とは異なり、学問好きという点では殿方を凌《しの》いでいました。〝ほんとうは草木の学者になりたいの〟などとも洩らされていて――。シダだけではなく、草木一般がお好きだったのです」

――これは希望が持てるかもしれない――

桂助は毎年、田島宗則に届けられてくるサツキの花の押し花に想いを馳せた。

――さつき様が草木好きならば、自分の名にちなんで、生きている証《あかし》を届けてきてもおかしくない。だが、そこまでの気持ちが、伯父《おじ》にして養父の宗則様におありなのだったら、なにゆえに姿を現さないのだろう――

桂助は心の中で首をかしげた。

「さつき様が草木の学者になりたいと言い出したら、宗則様は反対されたでしょうね」

――さつき様は自ら家を出られたのではないだろうか？――

「お顔をお顰《しか》めにはなられたでしょうが、結局は許されたと思います。草木の学問は先生に屋敷《やしき》までお運び頂けばよろしいことですし、女だてらに草木の学者になったからと言って、さつき様は嫁に行く身ではない家付き娘、婿養子を迎えることに支障はございません」

「すると、さつき様がシダ好きが高じて、学問を究めるため、覚悟を決めて田島家を出たということはあり得ないと？」

「そのようなお方なら、とっくの昔に草木学者になりたいということを、御前様に打ち明けておいででしたよ。休む暇《いとま》ない習い事の日々でしたが、さつき様は愚痴《ぐち》めいたことは何一つ、おっしゃいませんでした。ただただ、養父となられた御前様のお気持ちに添いたかったのだと思います。さつき様に稽古事が無いのは月に二日だけでした。思い出しました。それについては少しおかしな言い合いが――」

「何を耳にされたのです？」

「忘れもいたしません。さつき様と御前様が中秋《ちゅうしゅう》を愛でていた際の庭先での話でした。〝実家《さと》に帰りたくないと泣かれても困る。月に二回は帰すと、そなたを養女にする時、安則《やすのり》と交わした約束ゆえな〟と、御前様が諭すようにおっしゃっていました。〝どうしてもですか？〟、さつき様は涙声でした」

「つまり、さつき様は実家に帰りたくないと訴えていたのですね。いつ、その話を聞いたか、覚えていますか？」

「お話を聞いているうちに、月に雲がかかって、空が急に翳《かげ》ったので、縁起の悪い中秋だったと覚えているきりで」

「さつき様の実の父親安則様のことはご存じでしょう？」

「ええ、まあ――」

「さつき様が実家を嫌がったのは、安則様がご存命のときですか？　それとも大川で亡くなった後だったか――」

「お亡くなりになった後のことです。間違いございません。御前様はこうもおっしゃいましたから。〝安則との約束は家と家とのもの、貞則と名を改めた千之助《せんのすけ》との約束でもある〟と――」

「さつき様から、亡きお父様やお兄様のことをお聞きになったことは？」

「少しお待ちください」

　おけいはうーんとこめかみを押さえて、しばし、思い出そうとしていたが、

「思い出せません。覚えている限りではございません。ただ、さつき様はお実家から戻られると、いつもお疲れのご様子でした。こまやかな気遣いをなさる方なので、実父と養父の間に入って、ご心労が嵩《かさ》むせいだと思われました。こんなことがございました。突然、鉢の中を泳いでいる金魚を指差して、〝この者たちを自由にしてやりたい〟とおっしゃり、池に金魚を放そうとしたことがあったのです。その時、わたしは〝池にはトカゲなども餌を探して、立ち寄ることでしょうし、空から烏《からす》も目を光らせているのです。金魚は鉢の中でしか生きられないのです〟と申し上げたのです。〝そうでしたね〟と応《こた》えて思い止まったさつき様は、いつものように、習い事をこなしてはおられましたが、一人になるとそっと片袖を目に当てていたのです」

「父上が亡くなった後でも、実家から戻ったさつき様は塞ぎ気味でしたか？」

「はい、変わらずに。どんな親でも子にとってはかけがえのないものです。お実家へ帰った折の気鬱《きうつ》は、兄上様とお二人、亡き父上様を偲《しの》ぶゆえのお嘆きだと見受けておりました。そして、実のお父上を失った悲しみが癒えぬまま、さつき様は姿を消されてしまったのです」

六

桂助は礼を言い、鋼次と共に中丸屋を出た。

「母親や自分を虐めてた父親を偲ぶなんぞ、さつき様ってえのはよほど心根の優しい娘だったんだね」

「そのようですが――」

桂助は形だけ相づちを打った。

「桂さんも腑《ふ》に落ちねえんだろ」

「さつき様のことは会ったことがないので、何とも言えませんが、田島家三筋《みすじ》町の貞則様がそこまで安則様に寛容だったとは思えないのです」

「厄介《やっかい》な親父《おやじ》が死んでやれやれって様子だったんもんな」

「さつき様とて、ほっとしたのではないかと思いますが、そう考えると、なにゆえ、さつき様が塞いでいたのかわからないのです」

桂助は考え込んでしまった。

二人がさくら坂を上りかけると、

「兄貴、先生——」

後ろから聞き慣れた声が迫った。

振り返ると金五がまだ、痛む足を引きずっている。

「よかった。これから、〈いしゃ・は・くち〉へ先生を迎えに行くところだったんだ」

「おい、大丈夫なのかい？」

鋼次は案じたが、

「大丈夫だよ」

顔を顰めながら金五は飛び跳ねて見せた。

「おいらに報せてくれた友田の旦那は、そうしろとは言わなかったけど、ことがことだけに、おいらは何としても、先生にだけは報せなきゃって思ったんだ」

ぱちぱちと瞬《まばた》きを続けながら、金五は真剣な面持ちで桂助と対した。

「いったい、どんなことなのです？」

知らずと桂助も緊張している。

「廻船《かいせん》問屋の東屋《ひがしや》が持ってる、神田《かんだ》の富山《とみやま》町の空地で骸が出た」

廻船問屋の東屋といえば、市中に幾つもの土地を所有している大店《おおだな》であった。

「貸屋を建てるために草を刈って、土を掘り起こしてたら、骸が出てきたんだそうだ。三体も出てきたのには、こりゃあ、大変だってことになって奉行所も仰天《ぎょうてん》してる。それだけじゃないんだ。骸はもうとっくに骨になってるんだそうだけど、一体にだけ、前歯二本にあの証が――」

歯は骨と同様、死後かなりの時を経ても残り続ける。

「二本の黒い筋ですね」

桂助は言い当てた。

「友田の旦那は骸を番屋に運ばせてる。先生、どうか、番屋へ行ってその骸を見てください」

「わかりました」

桂助たちは来た道を引き返した。

「骸について、他に何か、わかっていることはありませんか？」

桂助の問いに、

「友田の旦那の話では、骸は男二体に女一体。着ていた着物はどれも襤褸《ぼろ》になってて、手掛かりにはならなかった。残ってた髪に桜の形の珊瑚《さんご》の簪が残ってて、女だとわかったそうだよ。もう一人の男は銀煙管《ぎんぎせる》を握りしめてた。金目のものを身につけてるこの二人は、かなりの金持ちだったはずだって、友田の旦那は言ってた。残った一人は背丈も骨も大きかったそうで、襤褸の着物の袖から袋が出てきて、中を見ると、何やら薬臭かったって。わかってるのはそれだけだよ」

「金持ちの男と女は夫婦《めおと》かもしんねえな」

鋼次がふと洩らした。

「鋭いですね、鋼さん」

桂助が頷いたので、

――ま、俺も満更でもねえわけだ――

鋼次は俄然《がぜん》、うれしくなってきた。

番屋が見えてきた。

その前を年配の女が行き来している。

「ばあちゃん」

金五が叫んだ。

「ほんとだ、金五のばあさんだ」

鋼次は目を丸くした。

「ばあちゃん、こんなところで何してるんだよ？」

金五が駆け寄ると、

「友田様がうちへ立ち寄った時、話を聞いてしまったんだよ」

おたみは金五をじっと見つめて、

「用足しに出てて、戻ってみたら、旦那が見つかった骸の話をなさってて、桜の形の珊瑚の簪だの、銀煙管だのって、話していなさるのを聞いて、もしやと思ったのさ。骸は十五年前の夏、花火見物に出かけて以来、行方知れずになってた伜の繁太郎《しげたろう》と嫁のおとしかもしれない」

顔を歪《ゆが》めた。

「おとっつぁんとおっかさん――」

金五は絶句した。

「とにかく、中に入って、おばあさんに簪と銀煙管を見ていただきましょう」

おたみは珊瑚の簪と銀煙管を手に取って、

「間違いございません。珊瑚の簪はこの年の桜の時季に嫁に見たててくれと、倅に頼まれてあたしが選んだものです。銀煙管は金五の祖父の形見の品で、繁太郎は〝これを守り代わりにする〟と言って、肌身離さずにいたのです。これで、二人揃って、いつか元気な姿を見せてくれるという、年寄りのはかない夢が消えました」

泣き崩れた。

屈《かが》みこんで祖母の肩を撫《な》でていた金五は、

「これがおいらのおとっつぁんとおっかさんなんだね」

こみ上げてきた涙を堪えて、おたみが土間に取り落とした簪と銀煙管を拾い上げた。

この間、友田は目をかっと見開き、口をへの字に曲げて、両腕を組んだままでいる。

桂助は残る一体の骸の口元を調べた。お歯黒が塗られた二本の筋が嘲笑《あざわら》っているように見えた。

「これも間違いないか？」

「はい」

頷いた桂助は、

「友田様、この骸の袖にしまわれていたという袋をお見せください」

友田から、泥で汚れた長四角の木綿袋《もめん》を渡された桂助は中を開いた。詰まっていた枯草には薬臭さが残っている。

「この匂いは肉桂《にっけい》——。これに覚えはありませんか？」

桂助はおたみに訊いた。

おたみは、木綿袋に手を伸ばし鼻を近づけ、骨太の骸をちらちらと見て、

「もしや、これは道造《みちぞう》さんかもしれない」

と呟いた。

「道造さんは繁太郎たちと同じ頃、どこへともなくいなくなってしまった——。今まで、思い切って、この江戸を離れたのだとばかり思っていたけれど——」

「道造とはいったい、何奴《なにやつ》だ？」

友田はおたみを見据えた。

「枇杷葉湯《びわようとう》売りの道造さんです。道造さんは元は北の十一組にいた火消しで、倅の繁太郎とは幼なじみでした」

枇杷葉湯とは枇杷の葉に、肉桂や甘草《かんぞう》、木香《もっこう》などを混ぜて作った煎《せん》じ薬である。暑気あたりや霍乱《かくらん》、痢病《りびょう》（赤痢）に効き目があるとされていて、市中を売り歩く枇杷葉湯売りの姿は夏の風物詩の一つであった。

「なにゆえ火消しが枇杷葉湯売りなどに落ちぶれたのだ？」

江戸の華とも謳《うた》われる火消しと、枇杷葉湯を売らない時季には、節句に使う菖蒲《しょうぶ》や正月の飾りなどを売る季節寄せとでは、雲泥《うんでい》の差があった。火消しは選ばれた者の仕事で、誰もがなれるわけではなかったが、季節寄せとなると、どこの誰ともわからない者でも容易にできる商いであった。

「道造さんは喧嘩で相手に重い怪我を負わせたことがあり、お咎めを受けたことがあったんです」

「何だ、前科者だったのか。それでは十一組にいられなくなるはずだ」

友田は吐き捨てるように言った。

「そんな奴と一緒に骸になっていたとなると、おまえの倅もつるんで悪事を働いていたにちがいない」

「それはあんまりです」

おたみは眉を吊《つ》り上げた。

「繁太郎に限って、決してそんなことはございません。繁太郎は、道造さんが十一組を辞《や》めた後もずっと親しくしていました。わたしは倅も、倅が心を許していた道造さんも信じています。悪事と関わってなぞいるもんですか」

おたみは強い目で友田を睨んだ。

「ばあちゃんの気持ちはわかるけど、気持ちだけじゃ、証にはならないんだよ」

金五は祖母をなだめて、

「先生、おとっつぁん、おっかさん、それに枇杷葉湯売りの道造さんは、いったい、どんな風に殺されたんだろう」

三体の骨に目を凝《こ》らした。

「おとっつぁん、おっかさんの胸の骨にヒビが入ってる」

金五の観察眼はたしかであった。

「気がつきましたね」

桂助はすでに骸の骨を改めていた。

「おそらく、骨まで届く一太刀で命を奪われたのでしょう。痛ましいことではありますが、苦しまなかったのは救いです。一方、道造さんの方は、さんざん痛めつけられ、最後に首を絞められて殺されています」

七

「おかしな話だ」

友田は首をかしげた。

「金五の両親の骸には、珊瑚の簪や銀煙管が残っていた。財布《さいふ》は三人とも朽ちかけてはいたが盗まれていない。それぞれ、小判や一分金、二朱金が何枚か見つかっている。ということはこれは物盗《ものと》りや追《お》い剝《は》ぎではない。だとすると、何のためにこんなことを？――」

「わたしの推測をお聞きください。両国《りょうごく》の花火見物は毎年、大変な賑わいです。途中、金五さんのご両親は、たまたま道造さんと行き遭われたのではないでしょうか。見物は知り合いが加われば、話が弾んでなお楽しい。三人は集っていたところを襲われたのです」

「繁太郎とおとしは巻き添えを食ったんですね」

おたみはため息をついて、

「先ほどは庇《かば》いましたが、きっと、道造さんは他人《ひと》に言えない、後ろ暗いことに関わっていて、悪い仲間とつるんでいたのかも――」

今度は道造の骸を睨み据えた。

「こんなことになるのなら、繁太郎に一言、意見しておくんだった」

「ばあちゃん、そんなこと悔やんだって、今更、おとっつぁん、おっかさんは戻りやしないよ」

金五は祖母にではなく、自分に言い聞かせるように呟いて、

「先生、何でおいらの両親《ふたおや》と道造さんの殺され方が違うんだろう？」

「これも推測にすぎませんが、下手人は道造さんを痛めつけるために、先にご両親を殺したのだと思います」

「わかった」

友田が両手を打って口を挟んだ。

「やっぱり、道造は悪人で、相当の悪事に関わっていたんだ。押し込みを企んでいる盗賊の一味だったのかもしれぬ。その道造が裏切ったので見せしめに殺したのだ」

「そういえば、道造さんは薬罐《やかん》の枇杷葉湯を只《ただ》で飲ませていたっけ——」

おたみは枇杷葉湯を売っていた頃の道造を思い出していた。

「ほう、これは聞き捨てならない」

四尺（約一・二メートル）の荷箱を担いで売り歩き、道行く人たちに、中の薬罐で煎《せん》じた枇杷葉湯を只で振る舞ったのは、はるか昔のことであった。

「どこにそんな余裕があったのか——」

「一度、道造さんに訊いたところ、〝たとえ、落ちぶれても火消しだった頃の粋《いき》は貫きたい〟って言ってましたからね」

昔々、只で振る舞って味見をさせていた枇杷葉湯は、多情な女、誰にでも手軽に応じて味を見させる、尻軽女をも意味する言葉であった。

「あの男は火消しの頃には、お金の使い方が綺麗で、たいそう女にもててた。それを只の枇杷葉湯の味見に掛けて、粋を気取っているんだとばかり思ってましたよ」

「只の味見で心を許し、奉公している店の間取りを洩らすお店者《たなもの》もいたはずだ」

友田はにやりと笑った。

「まさか、悪事を隠すためだったなんて――」

おたみは口惜しそうに唇を噛んだ。

「いい加減にしないか、ばあちゃん」

金五が声を荒げた。

「それだけのことで、道造さんを悪党だったと決めつけるのは早すぎる。もし、そうでなかったら、あの世のおとっつぁん、おっかさんを怒らせちまうぞ」

「友田様」

桂助は友田に呼びかけた。

「何だ？」

「道造さんが盗賊の仲間だったようなお話ですが、盗賊なら、珊瑚や銀、財布を見逃しません」

「うむ」

友田は桂助の顔から目を逸らした。

「ですから、道造さんは盗賊の仲間ではありません」

「それでは誰が何の目的で、このような殺しをしたというのだ？」

桂助は道造の骸に刻まれている、前歯の二本の筋を指差して、

「すべての手掛かりはここにあります」

と言い切った。

「見せしめというのは当たっていると思います。嬲《なぶ》り殺して後、歯に二本の筋の彫り物をすることで、見せしめが仕上がるのです。ところで――」

桂助はおたみの方を向いた。

「道造さんは前科者だとおっしゃいましたね」

「だから、こんな有様に――」

おたみは、またしても、道造への恨みを吐き出そうとしたが、

「間違いありませんね」

桂助に念を押され、金五と目が合うと、

「はい」

小さく答えてうつむいた。

「ならば、二本の筋は入墨者を意味しているのではないかと思います」

咎人が左腕に彫られる入墨は二本線であった。咎を犯した証として、刻み付けられたのである。

「けど、桂さん、二本の筋は喜八さんや女師匠にも彫られてたじゃねえか」

──友田の旦那の臍《へそ》がこれ以上、曲がるといけねえから、ずっと、大人《おとな》しく黙ってたが、俺はずっと、今起きてる殺しと二本の筋が気にかかって仕様がなかったんだよ──

「うむ、あの喜八とゆりえの二本の筋か──」

案の定、友田は鋼次に向けて目を怒らせた。

──あの二人の二本の筋は俺のせいなんかじゃねえが──

鋼次は睨み返さずに、

「みんな気になってたはずですぜ」

へへへと笑った。

「これは偶然ではありません」

桂助の指摘に、

「当たり前だ」

友田は顎《あご》を引いた。

「おとっつぁん、おっかさんがいなくなったのは、十五年も前のことだ。そして、十五年もしてから、下手人はまた、同じ見せしめを始めたってことなんだね」

金五が呟くと、

「とはいえ、道造は前科者だが、喜八さんや女師匠はちがうよ。それどころか、他人のためになってる——どうして、見せしめに選ばれたんでえ？」

鋼次は首をかしげた。

「それがわかれば、下手人に行き着くことができるかもしれません」

桂助は言い切って、

「頼みたいことがあります」

番屋を出て行く際、金五に何やら耳打ちした。

翌々日、昼過ぎて、注文の房楊枝《ふさようじ》を納めに鋼次が〈いしゃ・は・くち〉を訪れてみると、すでに金五が座敷に居た。

「おいら、先生の治療が終わるのを待ってるんだ」

「仏さんの供養は済ませたのかい？」

「うちの墓は深川《ふかがわ》の弥勒《みろく》寺にあるんだよ。おとっつぁん、おっかさんにはそこで眠ってもらった。ばあちゃんが、はっきり道造さんのせいじゃないとわかるまでは、どうしても嫌だと言い張るんで、道造さんの骸は引き取らなかった。あと何日かで、身寄りのない行き倒れの人たちと一緒に、無縁塚に葬られるんだそうだ」

一瞬、金五は暗い目色を見せた。

「道造さん、悪い人ではないかもしれないのに――」

――ここまでは俺も立ち入れねえ――

「桂さんからの頼まれ事は何だったんだよ？」

鋼次は話を変えた。

「道造さんのことを奉行所の調べ書であたるほかに、ばあちゃんに、もう少しくわしく聞いてくれって――」

井戸端で手洗いを済ませた桂助が入ってきた。

「道造さんについて、何かわかりましたか？」

「奉行所にあったのには、〝天下祭りの折、本所相生町《ほんじょあいおい》に住む火消し道造は、仲間の紋太《もんた》と酒の上での喧嘩となり、相手が匕首《あいくち》を出したので、それを取り上げようとして取っ組み合いとなり、結果、紋太が重い怪我を負った〟と書かれてた」

　金五は目で覚えた調べ書の一文を読み上げた。

「それじゃあ、道造はちっとも悪くねえじゃねえか？」

　鋼次は目を剝《む》いた。

「ばあちゃんの話では、紋太さんもおとっつぁんの幼なじみで、紋太さん、おとっつぁん、道造さんの三人は仲が良かったんだって。だから、ばあちゃんは喧嘩の経緯も、その後のことも、おとっつぁんから聞いてよく知ってた。紋太さんは道造さんに匕首を取り上げられた時、頭を柱に打ち付けてしまい、眠ったままになって、三日後に息を引き取った。紋太さんにはおかみさんや子どもがいた。お上のお裁きは重くなかったんだけど、火消しは辞めた。枇杷葉湯売りになった道造さんは、せめてもの罪滅ぼしと言って、毎月、紋太さんの家に稼いだ金を届けていたそうだよ。道造さんの枇杷葉湯は効き目があると評判で、たいそうよく売れてたんだって。只だったのは、粋も気取ってたろうけど、ようは〝損して得とれ〟だったんだね。あの時は、ばあちゃんもかっと頭に血が上ってて、何が何でも、道造さんを悪者にして、八つ当たりしないと、気がおさまらなかったんだと思う」

ここまで話すと、金五は深いため息をついた。

第四話　かたみ薔薇《ばら》

一

金五《きんご》が訪ねて来た翌日、桂助《けいすけ》は鋼次《こうじ》と昌平《しょうへい》橋で落ち合うと、紺屋《こんや》町の煮売り屋山田《やまだ》屋《や》へと向かった。

「それにしても驚いたぜ。あの山田屋の女主《おんなあるじ》が火消しの女房だったなんて――」

山田屋の主おちせは紋太《もんた》と死に別れた後、一粒種《ひとつぶだね》の太助《たすけ》を育てつつ、煮売りの商《あきな》いに精を出し、店を構えるまでになっていた。

「いらっしゃい」

店を入るとおちせと思われる、三十半ばの姿のいい年増《としま》が明るい声をかけてきた。

「今時分だと昼を食べ損ねなすったんですね、何をさしあげましょう?」

「そうさね――」

どうしようという目で鋼次は桂助を見た。

鋼次はさっき家を出る時、茎菜漬けで茶漬けを掻《か》き込んできたばかりであった。

――美味《うま》いもんなら、食ってもいいが――

売られている品に目を凝《こ》らした。

煮豆やひじきの白あえ、きんぴらごぼう、あぶら揚げのつけ焼き等の皿が並んでいる。

「ごめんなさい、つい、うちの品をもとめにいらしてくだすったんだとばかり――」

おちせが困惑気味に首をかしげると、小さな泣き黒子《ぼくろ》が目立った。

――桂さんも昼を済ませてきたはずだから、早速、話を切り出すんだろうな――

ところが、桂助はおちせに微笑《ほほえ》んで、

「小腹《こばら》が空いているのですが、お勧《すす》めのものがあるでしょうか？」

――へーえ、桂さんにも粋心《いきごころ》があったとはねえ――

鋼次はいたく感心した。

「売っているものではないんですが、八はい豆腐なら、すぐお出しできます」

おちせは再び明るい声を出した。

――見かけによらず、商い上手じゃねえか――

「それをいただきます」

「ただ、ここで立ったまま、食べていただくことになるんですけど、いいですか？」

「かまいません」

二人は八はい豆腐を待った。

八はい豆腐は、豆腐をうどんの太さに細長く切り、酒、醬油《しょうゆ》で味付けした鰹《かつお》だしで温め、葛《くず》でとろみをつけたものである。

おちせは鍋に残っていた八はい豆腐を温め直すと、椀《わん》に盛りつけて二人に差し出した。

桂助が代金を払おうとすると、

「いいんです」

おちせは受け取ろうとせず、

「その代わり、時には山田屋を思い出してくだされぱと——」

笑顔を向けた。

——なるほど、これが繁盛の秘訣《ひけつ》か——

「狭苦しいところですみません」

二人は椀と箸を手にして、八はい豆腐に取りかかった。

「今、お茶をご用意します」

「お忙しい時にお世話をおかけしてすみません」

「今時分はちょうど、お客さんの足が途切れるころですから、どうぞ、ご心配なく」

「いただきます」

鋼次はすぐにぺろりと平らげたが、桂助はゆっくり味わっている。

——桂さんの食べるのが遅《おせ》えのは育ちのいいせいで、こちとらは慣れてるが、そろそろ切りだした方がよかねえか——

鋼次は焦《じ》れた。

「たいへん、美味《おい》しいです」

「うれしい」

「ところで、この八はい豆腐は家族のどなたかの好物ではないかと——」

「あら、ま」

おちせは驚きの声を上げた。

「あたしには十八歳になる倅《せがれ》がいて、仕事場が近い時は、必ず、昼時に立ち寄るんですよ。好物が八はい豆腐なんで賄《まかな》いはこれを作ることが多くて——。でも、どうして、これが倅の好物だなんてわかったんです？」

おちせは不安げな目を桂助に向けた。

桂助はおちせの問いには答えずに、

「実はあなたに折り入って、お訊ねしたいお話があってまいったのです」

やっと肝心《かんじん》な話を始めた。

「話というのは、枇杷葉湯《びわようとう》売りの道造《みちぞう》さんのことです」

「道造さん――」

一瞬、おちせの目が泳いだ。

「道造さんとおっしゃっても――」

「道造さんは、亡くなったご亭主の紋太さんのお友達でしたね」

「そんな人がいたかもしれません」

おちせの表情は固い。

「その道造さんが亡くなりました。いえ、亡くなっていることが最近わかったと申し上げるべきでしょう」

桂助は道造が骸《むくろ》で発見されたことを告げた。

「道造さんは長い間、責め苛《さいな》まれて殺され、空地に埋められていたのです」

「酷《ひど》い――」

おちせの顔が歪《ゆが》んだ。

「あんないい人がどうしてそんな目に――」

本音を洩《も》らした。

「わたしたちはお上の命により、道造さんがなにゆえに、このような不運に遭《あ》わねばならなかったか、調べているのです。どうか、知っていることをお話しください」

――お上の命により？　岸田《きしだ》が頼んできたのは別の事件だし、友田《ともだ》に命じられてなんかいねえぞ。けど、ま、そう言った方が通りはいいやね。口中医とその助手なんて、捕り物には似合わねえ。桂さんも味な物言いをするもんだ――

「道造さんは亭主が死んだ後、あたしと倅のめんどうをみてくれていました。あの時、食うや食わずの暮らしが続いていたら、親子二人、とっくに首を括《くく》っていたはずです。ですから、道造さんには感謝しています。ただ、道造さんは、十五年前の夏、あたしたちの前から不意にいなくなってしまいました。いなくなる前、〝俺《おれ》にもし、万一のことがあったらこれを使ってくれ〟と、まとまったものを手渡されました。それで、いなくなった時、道造さんが万一の場合とは、遠くへ行ってしまうことだったのだと察したのです。とかく前科者は生きにくいものですから、どこか知らないところでやりなおすことにしたのだろうと思ったのです。さっき、知っているかと訊《き》かれた時、惚《とぼ》けようとしたのは、あなたたちがお上のお手先で、もしかして、道造さんは追われているのかもしれないと用心したからです。どこへ行っても、前科者が真《ま》っ当《とう》に生きるのはむずかしいでしょうから、ついつい、悪の誘いに乗ったのではないかと――。でも、恥ずかしい振る舞いでした。道造さんはあたしたち親子の恩人だったというのに、罰が当たります」

おちせは顔を伏せた。

「道造さんを恨んではいないのですね」

顔を上げたおちせの表情は怪訝《けげん》である。

「道造さんを恨むですって？」

「道造さんはやむを得ない経緯《いきさつ》とはいえ、あなたのご亭主を死なせてしまったのです。普通は恨んでも恨みきれない筋ですよ」

「悪いのはあたしです。道造さんではありません」

思い詰めた様子でおちせは言い切った。

「亭主が死んでくれなければ、あたしも倅も命がなかったと思います」

やおら、片袖を捲《まく》り上げて、おちせは二の腕の火傷《やけど》の痕《あと》を見せた。四寸（約十二センチ）ほどもある大蚯蚓《おおみみず》がのたくっているように見える。

「とにかく亭主は酒癖が悪くて。普段は無口でめんどうの無い人だったんですが、お酒が入るとがらりと人が変わって、仲間の悪口をさんざん言い散らした挙げ句、あたしたちに当たってました。はじめは背中や腰を蹴飛ばされるくらいだったのが、だんだんひどくなってきて、とうとう、火箸を手にするようになったんです。亭主が匕首《あいくち》を隠していることを知ってぞっとしました。腕のこの火傷は、治りかけてまたすぐやられ、何度も繰り返すうちにこんなになってしまったんです。倅だけはこんな目に遭わせたくないと思い詰め、ある日、訪ねてきた道造さんと世間話をしているうちに泣けてきました。驚いた道造さんは〝いったい、どうしたんだ？〟と案じてくれて、一部始終を話さずにはいられなかったんです」

当時を思い出したのか、おちせは何とも切ない表情になった。

「あの頃はあたし、いつもびくびく怯《おび》えてました。こんな毎日なのは、生まれつきの泣き黒子のせいじゃないかって、おっかさんを恨んだこともありました」

「道造さんはご亭主を諫《いさ》めたのですね」

「道造さんと亭主は幼なじみで親しい間柄です。話せばわかると思っていたのでしょう。あそこまで人が変わるとは信じられなかったのだと思います。道造さんに諭された時は素面《しらふ》だったのに、亭主は家に帰ってくるなり、大酒を飲んで、その日は、あたしを焼け火箸で折檻《せっかん》するだけでは物足りず、倅にまで殴りかかり、倅は鼻血が出ました。そして、〝よくも、よくも、道造のやつ、馬鹿にしやがって〟とぶつぶつ言い、厨《くりや》の瓶《かめ》の中に隠してあった匕首を懐に入れたのです。鬼のような目をあたしたちに向け、〝今に見ていろ〟と怒鳴って家を出て行きました」

二

――悪いのは酒だな。酒が紋太を狂わせていやがったんだ――

鋼次はやりきれない気がした。

「そして、あんなことに――」

おちせは目を伏せて、

「とにかく、道造さんという人は、弱い者が酷《ひど》い目に遭っていると、見過ごすことのできない性分でした。怪我が元で亭主が死んで仕置きを受け、火消しから枇杷葉湯売りになっても、道造さんはあたしのような女を助けていました。あたしもそうでしたが、亭主に苦しめられている女たちは、たとえ一銭たりとも、お金を持たさせれていないことが多いんです。でも、道造さんの枇杷葉湯は試し飲みが只《ただ》でしたでしょう。ですから、売り声が聞こえてきたら、亭主の目を盗んで外に出て、これを試すことができたんです。虐《いじ》められているかどうかは、〝怯えた目を見ればわかる〟と道造さんは言っていました。この手の女たちに、道造さんは鎌倉《かまくら》の縁切り寺へ逃げることを勧めて、その手伝いもしていました。けれども、踏ん切りがつかないまま、亭主に知れ、

〃要《い》らぬ世話はやくな〃と怒って押しかけてきた亭主に殴られ、顔を腫《は》らしていたことが、一度や二度ではなかったんです。道造さんの人助けは、報われないことの方が多いようでした。あたしは道造さんがいなくなった時、人助けの信念がぐらついて、この手の繰り返しが嫌になったのだろうとも思いました。だけど、そうじゃなかったんですね」

声を詰まらせた。

帰路、鋼次は、

「よかった。これで道造が悪党じゃあ、なかったってことは、はっきりしたぜ」

――火消しが悪党だったたなんてあんましだ――

実は子どもの頃、鋼次の将来の夢は火消しであった。

「しかし、まだ、道造さんの殺された理由《わけ》も下手人《げしゅにん》もわからず終《じま》いです」

歩きながら、桂助は知らずと眉根《まゆね》を寄せて腕を組んでいた。

〈いしゃ・は・くち〉に帰り着いた桂助が、一連の事件について思い悩んでいると、

「明日の昼過ぎはおいでになりますか？」

志保が遠慮がちに訊いてきた。

桂助はこのところ、昼から出かけることが多かった。

「いるつもりです」

昼からを休診にすると、その翌日は患者が長蛇《ちょうだ》の列であった。歯抜きの名手、藤屋《ふじや》桂助の名はそれほど市中に知れ渡ってきていた。

「夕方、父がお訪ねしたいと言っているのですが、いいかしら。何でも、房楊枝《ふさようじ》が無くなったからと――」

道順《どうじゅん》は友田ほど重症ではないが、歯草《はくさ》を患っていた。

「人さし指に塩をつけて、ごしごしやっていればよいと思い、これぱかり、長く続けていましたが、近頃は、丸かじりした柿に、歯茎の血が付くようになりました。いけませんな。歯茎が緩む寄る年波には勝てません」

そう言って、道順が症状を訴えてきたのは、かれこれ、三年ほど前のことであった。

「たしかに年齢《とし》と共に歯茎は弱くなりますが、心がけ次第で健やかな状態を保つことができます」

桂助は人さし指を使うのでは、細部まで清めることがむずかしいからと、鋼次が作る房楊枝を勧めた。

房楊枝で手入れをはじめた道順は、柿だけではなく、大好物の胡瓜《きゅうり》も心配なく、丸かじりできるようになったと、志保を通じて報《しら》せてきた。以来、道順は房楊枝を使い続けている。志保がもとめて持ち帰っていく。

――何か、お話がおありなのだろう――

金儲けとは無縁で、患者に親切丁寧《ていねい》、その上、腕も確かな町医者の佐竹《さたけ》道順は、桂助にも増して忙しかった。たまたま顔が合う時は、患者の枕元とほぼ決まっていた。道順の患者が本道と呼ばれた内科的な症状の他に、虫歯や歯草を患って苦しんでいることもあり、その際は桂助が呼ばれた。

その逆に、歯草を訴えてきていて、実は心の臓の病い等が疑われると、桂助は患者を止め置き、道順に往診を頼んだ。

「よくいらっしゃいました」

桂助は道順に座布団《ざぶとん》を勧めた。

「治療でもなく、患者もおらず、こうして、お目にかかるのは、そうはないものですな」

道順は気さくな笑みを浮かべている。

道順は小町と謳《うた》われた娘の志保とは、似ても似つかない。潰《つぶ》れた蟹《かに》のような平たい輪郭の中に、太い眉と大きな目、丸く扁平な鼻、がま口のような幅広の唇《くちびる》が踊っている。

年を経るごとに道順の顔は、いっそう蟹に近づいてきているが、笑い皺《じわ》に埋もれている整わない顔だちには、いわく言い難い風格と優しさが感じられた。

「実は是非《ぜひ》とも、ご紹介したい方がおりまして。横井《よこい》宗甫《そうほ》とおっしゃる口中医であられます」

「もしや法眼《ほうげん》横井宗甫先生では？」

法眼とは最高位の医師の称号であった。

「そうです。ただし、宗甫先生は高弟を娘さんの婿に迎えて、法眼を譲り、今は悠々《ゆうゆう》自適に己の道を進んでおられます」

「横井先生ともなれば、さぞかし、ご立派な研究に精進《しょうじん》されておられることでしょう」

桂助は世辞を並べたのではなかった。長崎で長く学んだ横井宗甫は、悪性の口中の腫瘍《しゅよう》の権威として知られていた。

──わたしも、今一度、長崎で学ぶことができたら──

桂助にも、難病の救い手になりたいという志はある。

「先生は日々、市井《しせい》で調査をされています。自ら市中を歩きまわっているのです」

「調査──ですか」

桂助は首をかしげた。悪性の口中の腫瘍等の難病は稀《まれ》である。

——横井先生ほど名の知れた方なら、患者の方から押しかけるはずだが——

「今言ったように、先生はもう、治療をなさっていません」

——何が何やら、わからなくなった——

桂助は困惑した表情を道順に向けた。

「横井先生は口中のみならず、本道にも深く通じておられる。ゆえに研究題目は口中と命なのです。口中と命の因果関係について、朝早くから、夜まで足を棒にして、多くの人たちに訊き歩き、書き留めておられると聞いています」

「多くの人に訊き歩いているとなると、口中と命と言っても、難病の調べではありませんね」

「その通り、違います。平たく言ってしまうと、口中と長寿との関わりが、先生の重大な関心事とお見受けしています。ついては、わたしがつい、歯抜き名人のあなたと知り合いだと洩らしてしまったところ、どうしても、あなたに会いたいと先生がおっしゃいまして——。一度、これと決めたら退《ひ》かない方なので、こうして、お願いに上がった次第です」

額からどっと吹き出た汗が下へ落ちると、まさに蟹が泡を吹いたようである。うっとおしくなった道順は、袖から出した手拭《てぬぐ》いでごしごしと拭き取った。

「横井先生ほどの方に会いたいと望まれるのは、光栄ではありますが――」

桂助は横井の真意がはかりかねた。

「わたしにそのような力量があるとは、とても思えません」

「むしばが化膿《かのう》して、全身に病毒がまわり、死に到るものは跡を絶ちません。こればかりは本道では治せず、的確な歯抜きの処置に頼るほかはありません。横井先生はあなたの歯抜きが命を救う、ひいては長寿につながるとお考えなのでしょう。ですから、ここをお訪ねしたいということなのです」

「わかりました。お訪ねくださる日をお知らせくだされば、お待ちしているとお伝えください」

「ありがとうございます。この通りです」

道順は深々と頭を下げた。

横井宗甫が〈いしゃ・は・くち〉を訪れたのは、それから十日後のやはり、夕刻のことであった。

「なかなか流行《はや》っておられますね」

そう呟《つぶや》いてから名乗った横井宗甫は、痩《や》せて小柄な老人であった。すでに高齢で、白髪の髷《まげ》こそ貧相ではあったが、分厚い眼鏡の奥がきらきらと眩《まばゆ》く輝いて見える。若者のように、知的なものへの好奇心が溢れかえっていた。

「ここが流行っているのは、それだけ、あなたが歯の痛みで苦しむ、多くの人たちを救っていることでもある。中には、放置しておいて、むしば毒や歯草毒で命を落とす人もいるはずです。となると、時には、命さえ、助けておられる。いやはや、感心いたしました」

挨拶を終えた桂助は、

「そうとばかりも限りません」

やや苦い顔になった。

「おや、何か不都合《ふつごう》でもあるのですか？」

宗甫の目がまた、一段と輝きを増した。

「歯は人の身体《からだ》の一部です。これを抜くのは、身体を弱らせるのではないかと思うことがあって――。歯抜きをせずに、口中を健やかに保つことができないものかと、常に思っているのです」

桂助は本音を口にした。

三

「海の向こうの国では、歯を削ることのできる精緻《せいち》な道具を作って、これでむしばの部分を削り取り、詰め物をして歯を長持ちさせる治療法を考えていると聞いたことがあります」

宗甫の言葉に、

――やはり、横井先生はご存じであられた――

桂助も耳にしたことのある話だった。

「そのような治療が夢物語でなくなれば、よほどの時以外、歯抜きはせずに済むのではないかと思います」

「なるほど」

宗甫は相づちこそ打ったが、頷《うなず》いてはいなかった。

「そうなると、歯を削ったり、詰め物の型を取るのが上手《うま》い口中医が流行りだしますね。違いますか?」

「ええ」

「実はわたしは、歯抜きも詰め物も必要がなくなればよいと思っています」

宗甫はきっぱりと言い切った。

「歯抜きはあなたのおっしゃった通り、身体の一部を奪うことですからよろしくありません。詰め物で長持ちさせるのはなかなかの治療法ですが、まだわが国ではできません。誰にでも、安上がりで、簡単にできるのは、むしばや歯草にならないよう、日々、口中を清めることです。わたしは道順先生が使っておられる房楊枝を見せていただいて、これだと思ったのです」

道順は歯と歯茎の間など、細部の汚れに届く小さな房楊枝を使っている。人さし指ほどのこの房楊枝は、桂助が歯草の患者のためにと考案して、鋼次が作り続けてきた。

「あれはよいです。素晴らしい」

宗甫は絶賛した。

「ただし、問題があるのです」

「問題とは何でしょうか」

桂助は歯草用の房楊枝についてのことなのだと思い込んで、不安な顔になったが、

「日々、口中を清める必要の重大さを、人々がなかなかわかってくれないことです。痛くなってから、あるいは血が出たり、口が臭いと言われてから、むしばや歯草に悩

む人が多いのが現状です」

桂助は思わず頷いてしまっていた。たしかにその通りだったからである。

「歯抜きをした後、〝これからは気をつけて歯を無くさないようにしてくださいね〟と意見しても、何年か経《た》って、〝今度は、違う歯がむしばになって痛い。早く歯抜きをして楽にしてください〟と言ってくる患者さんが、実は跡を絶ちません。歯を無くすのは身体を弱らせると幾ら言っても、日々の暮らしが忙しいせいか、いっこうに患者さんたちの耳に入らぬ様子なのです」

これもまた、口中医桂助の大きな悩みの一つであった。

「多くの人たちは雨露を凌《しの》ぐため、日々、必死に働いているので、それも無理からぬことです。歯を無くさずに保つことが大事だとわかってもらうには、もっとわかりやすい物言いでなければ――。そこでわたしは、このところ、月ごとに場所を変えて、〝もの噛《か》み競《くら》べ〟を催しているのです」

「〝もの噛み競べ〟?」

聞いたことがなかった。

「四十歳以上の男女を集め、うどんから古沢庵《ふるたくあん》までの十種の食べ物を、噛み切れるかどうかを競うのです。簡単なようで〝大食い競べ〟ほど派手ではないので、瓦版《かわらばん》には取り上げてもらえません。瓦版屋に知り合いがいたら、書いてもらいたいところです。賞品はこの十種の食べ物を家族の人数分、さしあげています」

宗甫はいたずらっ子のような笑顔を見せた。

「十種の食べ物とはどんなものなのでしょう？」

桂助は興味が惹《ひ》かれた。

「柔らかいものから順番に申し上げましょう。粥《かゆ》はどんなものより柔らかですが、噛むこともないので省略しました。そこで、まずはうどん、これは誰でも噛み切れます。赤身の鮪《まぐろ》の刺身、これは筋があることがありますね。ご飯、粒なので飲み込むにはある程度噛まないといけません。焼いた鰻《うなぎ》、皮は結構手強《てごわ》いです。なす煮、筋があります。胡瓜、噛まないと喉に詰まります。しいたけ、胡瓜よりじっくり噛む必要があります。白身の魚の刺身、ぷりぷりしていて、赤身の鮪の刺身よりはるかに噛みにくいはずです。そして、酢蛸《すだこ》と古沢庵、どちらも甲乙つけがたく、強い噛む力がないと食べられませんが、噛み切るには弾力のある酢蛸より、古沢庵の方が難物です。参加者は、この難物二つを噛み切ることができないと、賞品を手にすることができないのです」

「勝ち残る方は、残っている歯の数と関係があるのでしょう？」

「もちろんです。勝ち残りは一本も歯を無くしていないか、欠損歯五本以内の人に限ります。一度だけ、七十歳の歯無しの老婆に賞品を授けましたが、この人は土手婆《どてばばあ》と呼ばれるほど、歯の無くなった後の歯茎を鍛えて、古沢庵さえ嚙めるようにしていたのです。これには驚きましたよ」

宗甫はふわふわと楽しそうに笑った。

「とはいえ、鍛えれば、誰もが土手婆になれるわけではありません。歯茎が丈夫でないと歯の代わりは務まらず、土手婆に聞いたところ、歯はもともと、疎《まば》らにしか生えていなかったそうです。若い頃はむしばで歯抜きをすることが多いのですが、四十歳を過ぎて歯を無くす理由は、そのほとんどが歯草です。歯草になる人の多くは、口中の手入れが悪く、土手も下がっているので、とうてい土手婆にはなれず、柔らかなうどんや粥ばかり食べて余生を暮らすことになります。人が壮健でいるためには、さまざまな滋味を摂《と》ることが大事で、偏った食べ方では長寿をまっとうすることができません。食べ物は大きな楽しみの一つですから、何でも食べられるのは生き甲斐《がい》にも結びつきます。〝もの嚙み競べ〟を終えた後、わたしは、必ず、勝ち残れなかった人たち各々に、残っている歯を数えてもらいます。そして、〝どうか、せいぜい、無くす歯は十本までにしてください。これを越えると食べられるものが減って、つまらないし、長生きもできなくなりますよ〟と説くのです」

「わかりやすくて、効果がありますね」

「ただし、今まで、歯を無くさずに済ませるために、房楊枝で歯と歯茎の間を清めるようにとだけ、説いていたのでは不首尾でした。売られている房楊枝はどれも房が大きすぎて、歯間に入らないからです。菓子楊枝で試したという人もいましたが、これでは歯茎が傷ついて痛いばかりだと苦情を言っていました。どうしたものかと思い悩んでいた時、あなたのところの小さな房楊枝を知りました。これは歯と歯の間まで掃除できるので、歯草だけではなく、むしばを防ぐこともできます。もっと沢山《たくさん》の人たちに広めたいものだと、わたしは感動し、心底そう思ったのです」

「先生のような立派なお方に、そこまでお褒《ほ》めいただくと、言葉がございません。何と申し上げてよいか――」

　頭を垂れた桂助は胸がいっぱいになった。

「何をおっしゃるのです。わたしの方こそ、画期的な房楊枝を考えつかれたあなたに、いろいろ教えていただきたいのです」

　宗甫は頭を下げた。

「いえ、教えていただきたいのはわたしの方です。先生のお話をうかがっているうちに、歯抜きをしないためには、海の向こうの治療法しかないのだと、勝手に思い詰めていたのです。地に足のついた努力を怠りかけていた己が恥ずかしくなりました」

「土手婆の話はなかなか、面白《おもしろ》かったでしょう？　あまりに巧みに古沢庵を食い切るので、あの時は、目の錯覚で婆さんの土手が歯に見えましたよ」

宗甫の目がなごんだ。

「わたしも見たかったです」

桂助は微笑《ほほえ》んだ。

「そうでしょう、そうでしょう」

宗甫はうれしそうに頷いて、

「どうやら、わたしたちは気が合うようですね」

「恐縮です」

「これは道順先生にもご賛同頂いていることなのですが、近々、わたしと道順先生で勉強会を開きたいと思っているのです。以前から、わたしたちは、むしばや歯草が本道の疾病《しっぺい》をもたらしたり、悪化させることに気がついていました。そこで、口中医と漢方医が手と手を取り合って、よりよい治療法、予防法を模索していこうということになったのです。いかがです。あなたもわたしたちと一緒に勉強されませんか？」

「有り難いお話です」

――重い歯草の人を治療した後、心の臓の病い等で訃報《ふほう》を聞くことが多かった。歯草と本道の病いの関わりは広く深いような気がする。これは是非とも加わりたい勉強会だが――

桂助の脳裏に黒い二本の筋が彫られた死者たちの歯が次々に浮かんだ。悪の道へ逸れる若者たちを救おうとしていた蕎麦屋《そば》皐月庵《さつきあん》の主喜八《きはち》、蛍花《ほたるばな》のように、わが身を挺《てい》して、教え子たちを導こうとした手習いの女師匠ゆりえ、そして、傷ついている女たちを癒し続けずにはいられなかった、枇杷葉湯売りの道造、不運な行きがかりとはいえ、関わって命を落とした金五の両親――。

――やはり、今はこの人たちへの供養が先だ。何としても下手人を突き止めなければならない――

四

翌日、桂助から横井宗甫の申し出を聞かされた鋼次は、

「そりゃあ、また、ありがてえ話だ」

百本もの房楊枝の受注に喜んだ。

このところ、世の中は景気が悪く、それが房楊枝の消費にも及んでいたからである。両親に加えて、引き籠もっていたり、一つの仕事が続かない兄や弟まで養っている身の鋼次としては、飛び上がって喜びたい気分であった。

「横井先生はこれを毎月の〝もの噛み競べ〟で、集まった人々に配るのだそうです。そして、これを口中の歯間掃除に使ってみせ、歯草だけじゃなく、むしばをもよせつけないように指導するのだとおっしゃっていました」

「そうなると、もう、こいつを歯草用だなんて呼べねえな」

「何かいい呼び名を考えてください」

「桂さんが考えたんだから、桂助楊枝でいいじゃねえか」

「それはちょっと――」

桂助は頑固に首を横に振った。

「それじゃ、〈いしゃ・は・くち〉楊枝ってえのは？」

「長すぎます」

「歯草とむしばを足して、引いて、〝歯むし退治〟ってえのは？　歯草もむしばも、手入れが悪いと、口中のむしがつけ込んで、悪さをしでかすから罹《かか》るんだろ？」

「その通りです。いいかもしれません」

こうして歯草用の房楊枝は、〝歯むし退治〟と新しく名づけられた。

「よろしくお願いします」

「任しといてくれ」

胸を叩いた鋼次だったが、

――おや、どうしたんだろ――

桂助の顔色が優れないことに気がついた。

「何かあったのかい？」

聞かずにはいられない。

「ええ、まあ――」

桂助は珍しく自嘲《じちょう》気味に笑った。

「俺じゃ、頼りになんねえかもしんねえが話してくれよ」

「聞いてくれるんですか」

「当たりめえじゃねえか」

桂助は宗甫に誘われた勉強会の話をした。

「桂さんはそれに入りたいんだろ」

「そうです」

「だったら、入ったらいい。悩むことなんぞ、どこにもねえはずだ」

「人を唆《そそのか》して殺《あや》めさせ、二本の筋を彫り続ける下手人を突き止めるのが先です。それに田島《たじま》家のさつき様の行方《ゆくえ》については、まだ、何もわかっていません」

「田島の姫様の方は、岸田が勝手に持ち込んできた話だし、何せ十年も前のことだ。思いついたように田島の爺《じい》さんが探したがってるだけで、手掛かりが摑《つか》めねえのを、そうそう、くよくよすることもねえと思うね。前歯に二本の筋を彫ってくふざけた野郎のことだって、友田たち奉行所が下手人をお縄にするのが筋だよ。それがあいつらのお役目なんだから。桂さんは生真面目《きまじめ》だから、何でも背負い込もうとしてるけど、そいつはちっと無理があるんじゃねえだろうか」

鋼次は案じる目でじっと桂助を見つめた。

「俺はもう、気取って、元はかざり職だったなんて人に言わねえ。房楊枝職人の鋼次でいいと思ってる。長いことかかって、生まれにまつわるしがらみから逃れた桂さんが、今、一番大事にしてえ仕事は何なんだい？」

「それは鋼さんが知っている通りです」

——そうだった、鋼さんに言われて気がついた。わたしの天職は口中医なのだ。辞《や》めることなどできはしない――

「だったら、そいつを優先させてもいいはずだぜ。違うとは言わせねえよ」

「ありがとう、鋼さん、これから横井先生に文《ふみ》を書きます」

桂助の顔が晴れた。

宗甫からは折り返し、勉強会の日時が知らされてきた。

「何だか、桂助さん、浮き浮きしているように見えるわ」

志保にそう指摘されるほど、桂助はその日が楽しみであった。

会合の日、夕刻が近づくと桂助は支度を始め、志保が帰ろうと戸口に立った時、

「お願いです」

急患がどんどんと板戸を叩いた。

戸板に横たわってうんうんと唸《うな》り続けているのは、頬《ほお》を腫《は》らした若い人足であった。

「こいつ、何日も前から、歯が痛え、痛えって言ってたんだが、今朝、顔を見たら、河豚《ふぐ》みてえになっちまってて、可哀想《かわいそう》に腰も立たねえようだった。俺たちは仕事があったんで、退けてからやっと連れてくることができたんだよ。ここの先生は歯抜きの名人なだけじゃなく、貧乏人を分け隔てしねえと評判だ。先生、何とかしてやってく

れよ。お願げえだ」

戸板を担いでいた人足の一人が頭を下げた。

「寒い、寒い」

戸板の上の患者が譫言《うわごと》を呟いている。

その額に手を当てた桂助は、

「ひどい熱です。まずは温めなければ——。志保さん」

「はい」

志保は厨《くりや》へ湯を沸かしに急いだ。

「わかりました。お預かりします」

「大丈夫かい」

「できるだけの手当はいたします。ご安心ください」

「よろしく頼むぜ」

患者の仲間は帰って行った。

桂助は志保に手伝ってもらって、布団《ふとん》をのべ、患者を奥の部屋に寝かせた。

「むしば毒ですね」

志保は一升徳利の湯たんぽを夜着の下に入れた。

桂助は虫歯毒による発熱に効く煎《せん》じ薬を作った。間を空けて、これを患者に飲ませ続ける。虫歯は化膿してしまうと、痛みがそれほどでもなくなる。布団や湯たんぽで発熱による寒気がなくなると、うとうとと患者は眠りにつくものなのだが、薬を飲ませるためには、付いていなければならない。

「桂助さん、勉強会はどうなさるのです？」

志保は案じた。

「わたしでよかったら、お薬はわたしが――」

「いいえ、薬の効き目を見極めるまでわたしがついています。遅くなるでしょうから、志保さんはどうか、お帰りください」

「それでは――」

志保は帰路に着いた。

初夏だというのに、心は寒々としている。何やら、寂しさがすーっと秋風のように吹きつけてきた。

――いつものことだけど、いざという時、わたしは必要とされない。こんなに長く手伝ってきているというのに――。わたしは桂助さんにとって、いったい、何なのだろう？　いやいや、そんな風に思い悩むこともないほど、わたしたちの間は遠いのかもしれない――

父道順は大富町《おおとみ》の横井宗甫の家に出かけていて家にいない。

――今日は家に帰っても一人だわ――

そう思うと、心の秋風が一層冷たく沁《し》みた。


「桂さん」

鋼次が戸口から入ってきた。

「聞いたぜ、急な患者のこと。こいつを運んできた人足の一人が、前に弟の末吉《すえきち》が世話になった奴《やつ》でね、末吉が桂さんのことをそいつに自慢したからだとわかった。すまねえ。桂さん、大事な勉強会の日だってえのに。この通りだ」

鋼次は深々と頭を下げた。

「つたく、末吉ときたら、ろくでなしのくせしやがって、生《なま》なことしやがる。あれでも、気だけは一人前以上にいいんだが――」

「何を謝るんです？　わたしは当然のことをしているだけです。鋼さんに頭など下げられる筋はありません」

「けど――」

鋼次は桂助に倣《なら》って患者の枕元に座った。

「俺じゃ、桂さんの代わりはできねえから、こうして居たって仕様がねえんだろうが、せめての罪滅ぼしに――」

すると、桂助は、

「それでは一つ、仕事を頼まれてください」

ふっと目に笑みをこぼして、宗甫宛てに、急患のため、自分が参加できなくなった旨《むね》をしたためた。

「今日は鋼さんがわたしの代わりに出てください」

「俺が桂さんの代わり？　そいつは桂さん、ちょいと酷いよ。そんな役目、ここに座ってる以上に、務まらねえ」

鋼次は悲鳴に近い声を上げた。

「そうでもありません。鋼さんが作ってくれた〝歯むし退治〟の房楊枝百本、横井先生はいたく感動して、一度、作り手にも会いたいと言っておられました。ご自分でも〝歯むし退治〟を作ってみるつもりだとおっしゃっていましたから、鋼さん、教えてさしあげてください」

「そんなこと言ったって、作り方を見せてやりたくても、俺は今、材料も道具も持っちゃいねえ」

鋼次はこれ以上はないと思えるほど苦い顔になった。

——生まれつき、こちとらの頭は叩けばからんといい音がするんだ。頭にびっしり、中身が詰まってる偉《えれ》え先生は苦手だぜ——

「熱心な横井先生は知り合いに頼んで、柳の木片や小刀などを揃《そろ》えられているとお聞きしました。ですから、鋼さん、心配しなくても大丈夫です」

——万事休すとはこのことか——

桂助から文を預かった鋼次は、渋々、〈いしゃ・は・くち〉を出た。

五

横井宗甫の家は、京橋川《きょうばし》際の真福寺《しんぷくじ》橋を渡った大富町にあった。

一刻《とき》半（約三時間）ほどして戻ってきた鋼次は、狐に抓《つま》まれたような顔で、持って出た桂助の文を手にしたままである。

「桂さん、先生の家には誰もいなかったぜ。何度も声を掛けたが出てこねえんで、ちょっくら失礼して中へ入った。座敷に冷えた茶と座布団が並んでたが、人っ子一人いねえんだ。こりゃあ、道順先生が来てた証《あかし》だ。もしかして、先生たち二人は揃って神隠しに遭っちまったのか、それとも、急に勉強なんぞに嫌気がさして、一杯ひっかけにでも行っちまったのか――」

――そうは言ったもんの、俺とは違うんだ、学問が大好きな先生たちが嫌気がさすなんてこと、ありゃあ、しねえな。それにそん時は桂さんにも伝えてくるはずだ――

「治療を続けておられる道順先生のところなら、急な患者が出て往診に行かれたということも考えられますが、独り住まいの横井先生は、治療を止めておられるゆえ、そのようなことはあり得ません。履物は？　道順先生の草履《ぞうり》はありましたか？」

桂助は次第に不安が募ってきた。

「すまねえ、桂さん。覚えてねえ」

「この患者さんは薬が効いて熱が下がってきています。今はぐっすり眠って、高い熱で失われた力を取り戻すことが大事なので、朝、目が覚めるまで煎じ薬を飲ませる必要はありません。鋼さん、大事はないと思いますが、念のため、わたしの代わりに付いていてください」

「わかった」

桂助は素早く支度を済ませると、ぶら提灯《ちょうちん》を手にして、〈いしゃ・は・くち〉を出ると、大富町へ急いだ。

——今日は闇が深いな——

ふと不吉な予感がしたが、

——新月が近いだけだ——

そんなことはないと自分に言い聞かせた。

横井の家の前に立ち、簡素な門戸から踏み石を歩いて玄関に着いた。中は灯りは点《つ》いていたが、道順の草履は、あった。

——やはり、鋼さんが言っていたように、どこぞの店で、腹ごしらえなどして戻ったところなのかもしれない——

玄関を上がった桂助は灯りの見える居間へと歩いた。

「横井先生、おいでですか？　藤屋桂助が参りました」

廊下を歩きながら、声を張ったが応《こた》えは無かった。

——おかしい——

「佐竹先生、道順先生、桂助です」

呼びかけを繰り返したが、やはり、家の中はしんと静まり返っている。

桂助は居間の障子《しょうじ》を開けた。鋼次が見てきた通り、茶と座布団が向かい合っていた。

桂助は提灯を照らして注意深く居間の畳を見た。蓋《ふた》の取れた鉄瓶《てつびん》が転がっている。

――これは道順先生のものだ――

癪《しゃく》止めと咳《せき》止めの生薬《しょうやく》の袋が落ちている。桂助が銀箆《ぎんべら》を持ち歩くように、道順は何種類かの漢方薬の袋を懐中に忍ばせていて、道で苦しんでいる人と出遭うことがあると、応急の手当てをするのが常であった。

――そして、これも――

畳の縁に引っ掛かっているのは、宗甫の抜けた白髪であった。

――これはただごとではない――

桂助は縁側に出て、提灯の光を手前の土の上に落とした。

――何ということだ――

土の上には宗甫の眼鏡が砕け散っている。

――お二人の身に大変なことが起きたのだ――

桂助は宗甫の家から走り出ると、一目散《いちもくさん》に八丁堀《はっちょうぼり》の友田の役宅を目指した。五ツ半（午後九時）ともなれば、いくら独り身で大酒飲みの友田でも、帰宅しているはずだったからである。

この日も友田はしたたか酒を呑《の》んで、役宅へ戻るところであった。

「友田様」

桂助の顔は蒼白《そうはく》である。

「何だ、藤屋か？　どうした今時分、何用だ？」

酒が切れた時の友田は常にも増して不機嫌であった。二日酔い気味の身体が辛《つら》くて、独り身の侘《わ》びしさが身に沁みるからである。

「実は是非とも、お願いしたいことがございまして――」

桂助は横井の家で目にしたことを話した。

「おまえは医者二人が神隠しに遭ったというのか？」

「そのように案じております」

「そして、今すぐ、わしにそこへ行って、調べろというのだな」

友田はじろりと桂助を睨《にら》んだ。

「夜分に恐れ入ります」

「ふん」

友田は鼻で笑った。

「勉強会とは名ばかり、二人は酒でも酌み交わしているうちに、意気投合して、艶《つや》めいた遊び場へでも河岸《かし》を変えたのではないか。そう思わないのは、藤屋、おまえが真面目すぎるからだ」

友田は鋼次とほぼ同じ成り行きを推察した。

「酒を飲まれていた様子はありませんでした」

桂助は鉄瓶や道順の薬袋、宗甫の引き抜かれた白髪や眼鏡が落ちていた事実を繰り返した。

「尋常《じんじょう》ではございません」

「おまえも諦《あきら》めの悪い男だ」

友田は半《なか》ば呆《あき》れ、

「ならば、せめて、夜が明けるまで待て。明るくならねば、おまえが神隠しだと決めつけている、さまざまな証《あかし》もはっきりとは見えぬ。わしは二人がそれぞれ、家に帰り着いているような気がするが――」

ふわーっと大きな欠伸《あくび》をして、

「では、明日」

家の玄関に上がるとごろりと横になって、すぐに往復鼾《いびき》を掻《か》き始めた。

――一刻を争うかもしれないというのに――

桂助はまんじりともせずに一夜を過ごした。

空が白んで一番鶏の鳴き声が聞こえると、

「どうか、友田様、起きてください」

有無《うむ》を言わせず、桂助は友田を揺り起こした。

「頭が痛む」

友田は頭を抱えている。

「夜が明けたら、横井先生の家までご一緒いただく約束です」

「しかし、痛い」

「二日酔いは時が経てば治ります」

友田は桂助に促されて、不承不承役宅を出た。

横井の家に着くと、二人はすぐ座敷へと向かった。宗甫は戻っておらず、昨夜、桂助が目にしたままの様子である。

桂助は息を詰めた。案じられてならない。

「ふむ」

友田は座敷の中ほどに立って、座布団と茶碗を見据えると、

「二人は向かい合って座っていた。そこへ何者かが押し入った。おそらく刃物で脅したものと思われる。二人のうちのどちらが若い？」

「道順先生です」

「とすると、道順が火鉢の近くに座っていた。そして、その道順が隙をねらって、賊に鉄瓶を投げた。相手は躱《かわ》し、怒った。白髪の老爺《ろうや》の名は？」

桂助は宗甫の名をすでに伝えていたが、友田は覚えていなかった。

「宗甫先生です」

「相手は怒りにまかせて、宗甫の頭の髷を引っつかんで、畳にねじ伏せた。その際に髷から白髪が何本か抜け落ち、眼鏡が縁先に飛んで砕けたのだ。これを見ていた道順はすっかり、戦意を失って、宗甫ともども、相手に命じられるままについていった。おそらく——」

友田は縁側へ出た。

「土の上に草履の跡と二人分の足跡が付いている。二人と賊はここから歩いて出て行ったのだ」

少し前まで、死んだ魚の目のようだった友田の目がきらっと光った。

「これは神隠しというよりも、拉致《らち》に相違なかろう」

「ならば、どうか、一刻も早く、先生たちを連れ去った賊を見つけてください」

「わかっておる。すぐ手配する」

友田は金五と奉行所に報せるべく、隣家に頼んで近所の若者二人を使いに走らせた。

そして桂助はもしやと思い、日本橋品川町《にほんばししながわ》の道順の家に足を向けた。

——鋼さんや友田様がはじめに言っていたように、久々に童心に帰ったお二人が戯《たわむ》れ合って、座敷で相撲《すもう》など取った挙げ句、あのような跡を残し、弾みで色街にでも繰り出したという筋書きであってほしい。今頃は寝ていた志保さんを起こして、二人して茶漬けなどねだっていてくれたら——

心のどこかで願わずにはいられなかったが、

——しかし、そうだったとしたら、座敷相撲で座布団や茶碗も跳ね飛んでいたはずだ——

やはり、あり得ることではなかった。

六

品川町の道順の家へと近づくにつれて、花と木の香りの混じり合った芳香が漂ってきた。

——道順先生のバラだ——

道順の家の垣根には、純白の木香薔薇《もっこうばら》が今を盛りと咲き誇っている。

珍しい木香薔薇は常緑性のツルバラで、木香茨《ばら》とも言い、黄と白の二色があり、白花のみが独特の香りを放つ。その香りは優美なバラと木々の清々《すがすが》しさが混じり合っていて、他にあまり類がなく、まさに珠玉であった。

知人宅で木香薔薇に出遭った道順は、この香りと姿に魅入られ、その家から分けてもらった枝を土に挿して、こうして、増やし続けてきたのであった。

桂助は垣根の前に立った。

――今、起きていることを志保さんに話していいのだろうか――

話せば、案じさせるばかりのような気がする。

勝手口を開けて志保が外に出てきた。朝餉《あさげ》の用意を調えていたところらしく、甲斐甲斐しく赤い襷《たすき》で両袖を絡《から》げている。娘盛りはとっくに過ぎているというのに、清楚なその姿はいつまでも初々《ういうい》しかった。

「あら、桂助さん」

気がついて志保は頬を染めた。

「おはようございます」

桂助もあわてて同様の挨拶を返した。

「宗甫先生の家からのお帰りですか？」

「ええ」

そうには違いなかった。

「あれから、患者さんの容態が山を越えて、宗甫先生のお宅へ出向かれたのですね」

「鋼さんが訪ねてきてくれたので、付いていてもらうことができました」

これもその通りである。

——わたしだって、付いていることはできたのに——

一瞬、志保は笑みを消しかけたが、

——わたしったら鋼次さんに焼き餅を焼いても仕方ないじゃないの——

自分に言い聞かせて、

「むずかしいお話の後はお酒でしょう。父も宗甫先生もお酒がお好きですもの——。きっと、過ごしすぎて、酔い潰れてしまい、いつもそうなので、おおかた朝帰りだろうと覚悟していました。患者さんが待たれていて、わたしが迎えに行くことだってあるんですよ。今日はそうならないとよいけれど——。桂助さんにはご迷惑をおかけしたことと思います」

いたってのどかな口調で続けた。

──志保さんは何の危惧《きぐ》も抱いていない。今はまだ、横井先生の家に残された跡を調べて、とやかく推察しているだけでもあるし──

桂助は何も告げないことにして、木香薔薇の香りから遠ざかった。

この日の夕方、横井宗甫と佐竹道順の骸が、鉄砲洲《てっぽうず》浪除《なみよ》け稲荷《いなり》脇にある、廻船《かいせん》問屋東屋《ひがしや》の大きな土蔵で見つけられた。入ってきた積荷を船から移すために土蔵を開けた、東屋の奉公人たちが見つけ、胆《きも》をつぶして、番屋《ばんや》に報せてきたのであった。

「先生、大変だ」

〈いしゃ・は・くち〉へは金五が報せてきて、桂助はこのところ、居合わせることが多い鋼次と共に、京橋川沿いの土蔵へと駆けつけた。

この界隈《かいわい》は東屋だけに限らず、さまざまな商家の積荷を一時置いておく土蔵が並んでいる。

日が暮れかけていることを懸念したのだろう。くだんの土蔵の前では、友田が御用提灯を振りまわして、ここだと報せていた。

──いつものことだが、友田の奴が先回りしてやがるのか──

鋼次はやれやれと思った。

——あいつの言ってることで、的《まと》を射ているのはたまだからな——

何かとこちらは気を使うし、うるさいだけだと鋼次は思っている。

——でも、ま、お上でございの同心なんだからしようがねえが——

桂助たちは手燭《てしょく》をかざしながら蔵の中に入った。

「血の臭いがします」

桂助が呟くと、

「いかにも。宗甫と道順はここに連れ込まれた後、一刀両断に斬《き》り殺されて果てていた」

さすがに友田の声も沈痛であった。

「骸を拝見いたします」

血溜まりは黒い影のように見えた。その中に二体の骸が横たえられている。驚いたように目を見開いている二人の目を、そっと桂助は閉じてやった。

「このような不届きな行いをした下手人を褒めるつもりは毛頭《もうとう》ないが、敵は相当の遣い手と見た。一太刀《ひとたち》で二人の息の根を止めたと見て間違いない」

「一太刀で果てたままならば、うつぶせに倒れ、死に様も乱れているはずです。二人の骸が仰向けで手足が揃えられているのは、果てたのち、下手人に調えられたとしか思えません」

　銀の箆を取りだした桂助は、まずは道順の唇に押し当てた。青く変色した唇の合わせ目がほどけると、上の前歯がにょきっと見えた。

「これは――」

「まさか、こんなこと」

「たいがいにしてくれよ」

　友田、金五、鋼次の三人が声を上げた。

　道順の上の前歯には、あの二本の黒い筋が彫られていたのである。

「たぶん――」

　桂助は宗甫の唇にも銀の箆を使った。

「同じだ、またしてもしてやられた」

「どうして、また――」

「こん畜生」

　三人の怒りと当惑は骨頂《こっちょう》に達している。

「横井宗甫の家に押し入ってすぐ斬らなかったのは、おのれ、ここでこの証を彫るためだったのだな」

友田は歯嚙みした。

――何ということだ――

一人平静に見える桂助は、実は言葉も出ないほど悔やんでいた。

――わたしがもっと早くにこの下手人を突き止めていたら、二人が襲われることなどありはしなかった。それだけではない。昨日、約束の時に間に合っていれば、何とか、防ぐこともできたかもしれない――

知らずと桂助は、あわやという時、市田鹿之助《いちだろくのすけ》の動きを制した銀の匙《さじ》を握りしめていた。

――道順先生が鉄瓶を投げた後、間髪《かんはつ》を入れず、これを投げていれば――


骸の調べが終わると、二人の骸は家族の待つ家へと返された。通夜や葬儀の手伝いを桂助たちは申し出たが、訃報を聞いた志保は存外な気丈さで、

「お気持ちだけいただきます。大丈夫、わたし一人でやり遂げますから」

と言い切って、万端を一人でこなした。

道順の通夜花は、垣根から摘《つ》まれて束ねられたり、活《い》けられた木香薔薇だけであった。市井の人たちに慕われていた道順には弔問客が多く、志保は他の種類の供花を決

して受け取ろうとはしなかった。

「せめて、好きだった花で父を旅立たせてやりたいのです」

とだけ志保は言った。

「志保さん、よく泣かずにいられるもんだ」

鋼次は感心しているのではない。案じていた。

「悲しみってえのは、泣かずに胸に溜めてると、ますます深くなるって、おっかあが言ったぜ」

「その通りです」

案じる想いは桂助も同じである。

「客たちへの挨拶も一人一人に丁寧で、通夜振る舞いの料理も申し分ないし、さすが志保さんだよ。だから、余計心配なんだ」

通夜では、二人は客たちがいなくなるまで、血を拭いて綺麗《きれい》に清められ、白装束《しろしょうぞく》を着せられた道順の枕元に残った。

「まあ、お二人とも残っていてくださったなんて――」

志保は器に盛った煮染《にし》めと酢の物、酒を膳に調えてきた。

「桂助さんはお茶でしたね」

すぐに立って用意してこようとする志保を、桂助が止めた。

「お疲れでしょう。少し、休まれてはいかがですか」

「いいえ」

志保は血の滲《にじ》むほど強く唇を嚙みしめて、

「こうして、紛らわせていないと辛《つら》くてなりません――」

うつむいた。

「わたしたちに出来ることがあったら――」

「申し上げていいのですか」

「もちろんです」

「それでは、お帰りください」

「俺たちが帰ったら、志保さん、一人になっちまうじゃないか」

鋼次が口を挟んだ。

「いいえ、一人ではありません。父がここにおります。今宵一晩、ゆっくりと父に別れを告げる時がほしいのです。そうでないと、わたし、今でも、とても信じられなくて――でも、信じなくてはいけないのですから――」

志保は泣き崩れた。

「行きましょう」

桂助は鋼次を促して立ち上がった。

七

——何としても——

翌朝、目が覚めると桂助は下手人を捕らえねばならないとの想いが増していた。

「早く、憎い下手人の首を獄門台《ごくもんだい》に晒《さら》してえもんだ」

鋼次も同じ想いであった。

——たしかに、それしか今の志保さんへの慰めはない——

そこで桂助は、

「道順先生や宗甫先生を殺した下手人が、喜八さんやゆりえ先生、そして、十五年前の金五さんのご両親と道造さんを手に掛けたのと同じ者だとすると、殺された方々の近くに何か証を残しているかもしれません」

桂助は金五に頼んで、喜八やゆりえの周辺を調べてもらった。

「喜八さんやゆりえ先生の人柄を褒める人ばっかしだよ。怪しい奴がうろついてたとかの、ひっかかる話は聞けなかった」

金五はため息をついた。

「それで、おとっつぁんたちや道造さんのことも聞き込んでみた」

桂助が金五に両親や道造の調べを頼まなかったのは、あまりに過ぎた年月が長く、覚えている人がいるとは思えなかったからであった。

「ばあちゃんが今も江戸で働いてる、店の奉公人たちを当たってみたけど、やっぱし、喜八さんやゆりえ先生と同じで、〝若いのに思いやり深い、旦那様、お内儀《かみ》さんだったのに、冷たい骸になりなすってたとは——〟と涙ながらに思い出してくれるだけだった。道造さんを知ってた火消しの人たちもおおよそ同じだったけど、おいらは友田の旦那に頼んで見せてもらった、調べ書と一纏《まと》めにしてあった綴りが気になってる」

「どんなものです？」

桂助は藁《わら》をも摑む思いで訊いた。

「早耳の伝吉《でんきち》っていう瓦版屋からの聞き書きだよ。火消しを辞めて、枇杷葉湯売りになってからの道造のことが書かれてた」

「へえ、どんな風にだい？」

鋼次は身体を乗りだした。

「〝郭噺《くるわばなし》　枇杷葉湯売り〟という題目だった。石部《いしべ》金吉《きんきち》だった大店《おおだな》の若い主が、身代をねらう番頭に唆されて、吉原通いが続き、酒浸りの放蕩三昧《ほうとうざんまい》となる。ところが、道造さんの枇杷葉湯には摩訶《まか》不思議な力があって、最後にはこの主を救う。これはもちろん、瓦版の読み物の中でのことだよ。この読み物には、亭主が嵌《は》まって通い続ける性悪女や、その女に勧められた博打《ばくち》で作らされた借金の取り立ての凄《すさ》まじさ、身売り寸前にまで追い込まれる可哀想《かわいそう》なお内儀の話などが、その都度《つど》、手を変え品を変えて書かれてた。面白かった」

「それは道造さんの行いを知っているということですね」

「おいらもそう思う」

「書いた人に会いましょう」

桂助たちは新乗物町《しんのりものちょう》へと向かった。

「俺が伝吉だが」

訪《おとな》いを告げると、油障子《あぶらしょうじ》を開けてくれた男は、桂助たちとあまり年が違わない若者であった。寝不足の目をして、刷り上がったばかりの瓦版を手にしている。

――ずいぶんと若《わけ》えじゃねえか――

鋼次が不安に感じていると、金五が〝郭噺　枇杷葉湯売り〟の話を持ち出した。

「それなら、親父《おやじ》が書いたもんだよ。俺んとこはじいちゃんの代から瓦版屋でね、名前を継いでる。親父は二代目伝吉、俺が三代目なんだ」

三代目伝吉は、

「俺はこれからこいつを売ってこなきゃなんねえ。だから、悪いが、風呂屋《ふろ》の二階にいる親父のとこには、案内できねえんだ。風呂屋の名は松の湯。ここからすぐのところだ」

こみあげてきた欠伸をかろうじて噛み殺した。

「ありがとうございます」

桂助たちは松の湯の二階へと急いだ。風呂屋の二階は茶や菓子を飲食しながら、将棋《しょうぎ》を指したり、世間話に花を咲かせる社交場である。隠居の男客などは、朝から晩まで入り浸って楽しんでいる。

「二代目伝吉はいるかい？」

何人かいる老爺たちに向かって、鋼次が声を掛けると、

「俺だが、何用だい？」

くぐもった声が応えた。五十を少し出た年頃で、半白でやや目の鋭い一人が将棋を

指す手を止めた。

「折入って、話があるんだよ」

金五は両親が道造と一緒に殺され、土中深く埋められていた話を聞かせた。

「するってえと、あんたは両親《ふたおや》の仇《かたき》を討とうってわけだな」

声は相変わらず低く穏やかだったが、その目は金五の腰の十手に注がれている。伝吉の目がきらりと光ったように見えた。

「できれば――」

「そうだろうね。だが、俺はあんたの両親のことなんて、何一つ、知っちゃあいねえんだがな――」

伝吉は気の毒そうに金五の顔を見た。

「でも、道造さんについては〝郭噺　枇杷葉湯売り〟を書いてる」

「あれは読み物だよ」

「あなたは、道造さんの生き様《ざま》に心を動かされていたはずです」

桂助が口を挟んだ。

「その通りだ」

伝吉は驚いた目を桂助に向けた。

「今じゃ、こんな話をしても、誰もぴんと来ねえだろうが、あの頃、纏持《まといもち》だった火消しの道造を知らねえもんはいなかった。それほどの花形でね。まだ、所帯も持ってなかったから、女たちはきゃあ、きゃあ騒いで、道造のことを知りたがった。役者の顔に火消しで鍛えた体だから無理もねえが――。そんな道造だったが、仲間と喧嘩になって、前科者になっちまった。枇杷葉湯売りに落ちぶれこそしたが、それでも、道造は人気があった。瓦版に、今どうしているかを書けば、売れるはずだと、俺は見込んで、道造を追ってたんだ」

「しかし、あなたは、道造さんの実際の人助けについては書かなかったのですね」

「虐められて、命を削って暮らしてる女たちを助けようとしてはみたものの、縁切り寺まで行き着ける女はほんの僅かだった。道造は、出てきた亭主か、その廻し者の仕《し》業《わざ》で、殴る、蹴るの目に合うことが多かった。報われねえ人助けさ。これと思い込んでなけりゃあ、とうていできねえ。呆れもしたが、感心もして、気がついた時は、道造の手伝いをしてた。といっても、俺にできるのは、可哀想な女を鎌倉まで送ることぐれえだったが――。女の中には間に合わずに、虐め殺されちまう者もいた。死んだのは急な病いってえことになって葬式が出された後、三月《みつき》もしねえで、亭主は後妻を貰《もら》っちまう。この後妻がまた虐められる――。こんな酷えことが続いていいもんかって、俺はたまらなくなって、〝郭噺　枇杷葉湯売り〟を書いたのさ。本当のことを包み隠さず書いちまっちゃ、道造にどんな災難が降り掛かるとも限らねえから、やんわりと読み物にしたんだ。同じことを親しくしていた役人に話したよ。なのに何で道造がそんな目に――」

伝吉はほうと大きなため息をついた。

「実は――」

桂助は道造の前歯に刻まれていた二本の黒い筋が、少し前に殺された蕎麦屋の主や女師匠、二人の医師の骸の歯にも彫られていた話をした。

「道造たちを殺した下手人は、まだ、生きていやがったってことかい」

伝吉は口をへの字に曲げた。

頷いた桂助は、

「ですから、何としても探し出して、お縄にしたいのです。お願いです、どうか、お力を貸してください」

「しかし、この俺に何ができるっていうんだい？」

「何でもかまいません。道造さんについて思い出してください」

「そう言われても――」

「道造さんが関わっていた女たちの中で、印象深かった話などは？」

「うーん」

腕組みをした伝吉は煙管《きせる》を使いつつ、しばし、考えこんでいたが、

「思い出したよ」

ぽんと勢いよく煙管で煙草盆《たばこぼん》を叩いた。

「大川に身を投げようとしていた、若い器量好しの女がいてね。枇杷葉湯売りをしていて知り合った道造は、女が溺《おぼ》れかけていたところを川に飛び込んで助けた。不思議なことに女に生傷が一つもないんだ。〝この女は本当に亭主に虐められていたのか〟と俺が訊くと、〝傷は身体じゃなく、心につくこともある〟と道造は答えた。おそらく、女に訊いて、理由は知ってたんだろう。助けられたその女を俺は鎌倉へ送って行った。それから、三日とたたずに女の亭主が死んだ。色恋の吉三《きちぞう》って瓦版屋は、その名の通り、色恋のことばかり、嗅ぎ回るのが好きな奴だったんだが、こいつが女房の家出と、死んだ亭主を結びつけて、面白可笑《おか》しく書いた。何と女の亭主は男色《だんしょく》で、毎日のように陰間《かげま》茶屋に出入りしてたんだと。体面を取り繕って祝言を上げた亭主は、女房には指一本触れなかったんだとさ。それをはかなんで女は死のうとしてたんだと、ここで、俺はやっとわかった。お武家だった亭主の方は、よほど気の小さな男だったんだろう。

女房に逃げられては、体面が保てないと悩み抜いた末、とうとう自害しちまったんだ。道造がいなくなった、いや、殺されちまったのは、亭主が自害してから、十日ほど過ぎた頃だった」

「吉三さんは今でもお元気でしょうか？」

桂助は吉三を訪ねようと思い立った。

八

伝吉とほぼ同年輩の吉三は病いを得て、ひっそりと侘びしい独り身を託《かこ》っていた。

「以前はこんなじゃなかったんだが」

出て行った女房、子どもを薄情者だと罵《ののし》った後、道造の勧めで妻が離縁を決意、亭主が自害した話になると、

「ちょうど、俺のかかあも子どもの手を引いて出て行きやがってね。お侍《さむらい》の話は身につまされたよ。何で自害までしたのかって、気になって、調べに調べたさ。大身《たいしん》のお旗本の御家臣だったっていうから、そこの中間《ちゅうげん》部屋へも足を向けた。男色だってえのは、中間の一人の負けが混んでたもんだから、ちょいと札を貸してやって訊き出した

んだよ。俺もあの頃はなかなかの腕利きだったんだ」

旗本の中間部屋で博打《ばくち》が行われているのは衆知の事実であった。吉三は出向いた旗本屋敷の名も教えてくれた。

吉三の家を出た時はもう、すっかり、日が暮れていた。

「明日、わたし一人でお訪ねします」

桂助はそう言い切って、途中で鋼次たちと別れた。

〈いしゃ・は・くち〉の前まで来た時のことである。

「待っておった」

薬草園から人影が現れた。

「お訪ねしようと思っておりました」

「調べはついたのか？」

「はい。やっとあなたに行き着きました」

「遅かったな、待ちくたびれたぞ」

覆面《ふくめん》の侍はすらりと刀を抜きはなった。

「大人《おとな》しく言うことを聞いてもらおう」

桂助に刀を突き付けた。

「戸を開けて中へ入れ」

「わかりました」

桂助は言われた通りにした。

「そなたが患者を診《み》る処《ところ》へ案内しろ」

「はい」

侍は治療処で桂助を懐から出した皮紐《かわひも》で後ろ手に縛った。皮紐がきつく手首に食い込み、次第に掌《てのひら》も腕も痺《しび》れていく。

「これでそなたも歯抜き名人の腕を揮《ふる》うことができまい」

覆面を脱《ぬ》いだ田島貞則《さだのり》は高笑いした。

「わかりません」

桂助は相手の目を見て叫んだ。

「なにゆえに、あなたのようなお方が、このように道を外れた行いを繰り返すのか――」

「知りたいか」

「是非――」

「そなたはこれから、死ぬより辛い目に遭って後、死ぬと決まっている。だから、せめてもの餞《はなむけ》に話してやってもいいだろう。聞きたいことを申せ」

「いつから、このようなことをなさっているのです？」

「父上の志をわしは見倣《みなら》った」

「親子でこのような酷いことを続けていたと？」

「世間や本家の伯父《おじ》は父上を酒浸りのろくでなしと見なしていた。だが、わしと父上は、山本源左衛門《やまもとげんざえもん》の末裔《まつえい》であるという自負の元に強い絆で結ばれていた」

「山本源左衛門様とはどのような？」

「父と本家の伯父とは異母兄弟だ。山本源左衛門は母方の血筋で、大猷院《たいゆういん》(徳川家光)様の治世に企みを隠しているという理由で切腹させられた。逆賊とされたこの遠い先祖を山本家では、代々、密かに崇《あが》め奉ってきた。父は母の母である祖母に教えられたという。父上とわしは、志半ばで果てさせられた源左衛門に代わって、この徳川の汚れた世を清め続けてきたのだ。人は一度、咎《とが》を犯したら最後、悪に染まるばかりで、その悪は人から人にうつる、それゆえ、前科者は命を絶って、根絶やしにしなければならないというのが、父上のお考えだった」

「それで、道造さんにあのようなことを――。居合わせた御夫婦は腕に証などなかったのに、なぜ、巻き添えにしたのです？」

「正しいことをするためには、多少の犠牲は致し方ないと父上は言い、苦しまないように一太刀で命を止めた。わしの剣は父上に習った。父上はわし以上の手練《てだ》れだったのだ」

――親子で殺人剣を揮っていたとは――

桂助はぞっと背筋が冷たくなった。

「道造に唆されて女房が出て行った後に自害した男は馬廻り役で、父上とは幼い頃によく遊んだ仲でもあった。それゆえに、巷《ちまた》の噂《うわさ》や中間たちから経緯を聞いた父上は、余計なことをした道造に激怒した。前科者ながら枇杷葉湯売りになった道造に、ひそかに感謝している女たちもいると聞くと、父上の怒りはいよいよ募った。実家《さと》に病人の見舞いに行ったきり戻ってこない薄情な母に、父上が離縁状を叩きつけて間もない頃だった。こうした憤懣《ふんまん》もあって行動に出たのだ。わしは父上に道造に思い知らせて殺すよう命じられた。決して、巻き添えの二人と同じであってはならない、酷すぎる最期《さいご》でなければ、罪の償いにはならないというのだ。わしにとっては、初めてのことだった。父が見ているから、期待通りに振る舞わなければならないと緊張しながら、長い時をかけて、道造の身体中の骨という骨を折っていった。一番最後に首を絞めて、止めをさした。終わった後、全身から汗が噴き出たが、父上に〝あっぱれな仕事をした〟と褒められ、爽快な気分になった。あの時の感動は終生、忘れられない」

――決して信じたくはないが、これで終わるとは思えない――

「続けたのですか？」

「そうだ。わしたちは前科者退治に精を出した。退治しては土に返していく。悪い虫も土と同化すれば、多少の肥料になって、花を咲かせることもあるだろうと父上はおっしゃった。言い得ている、まさにその通りだ。この繰り返しが生き甲斐だった。父上は〝生まれて初めて生きていると感じる毎日だ〟とおっしゃったが、わしも同じ想いだった。〝生まれつき、われらと同じ、強い信念を持っている同士が欲しい〟という父上の言葉に、わしはあることを思いついた。さつきだ。さつきにわれらの子を産ませればよい。若いさつきを使えば、一人、二人と、確実に、血の絆《きずな》で仲間を増やすことができる。わしの提案に父上は狂喜した」

――何ということだ――

桂助は吐《は》き気を催した。

――そこまでの狂気だったとは――

「しかし、さつき様は御本家の養女になられたはずです」

桂助は親子の狂気が実行されていないことを祈った。

「日を決めてのさつきの実家帰りは、伯父と父上の約束だった。血の絆作りはその時、存分にすればよいのだ。本家からの支度金はせしめておいて、いずれ、さつきが身籠《みごも》ったら、神隠しを装おうと考えていたのだ。初めのうち、さつきは従った。ところが、何回目かの夏場、いささか、酔いの回っていた父上は、わしの留守に絆作りを思い立ったのだろう、さつきを思い通りにしようとして、突き飛ばされ、壁に頭を打ち付けて息絶えてしまった。わしは、逃げるように迎えの駕籠《かご》に乗るさつきの後ろ姿を見た。病死と届けてもよかったが、この方が本当らしいだろうと考えて、父の骸は大川へ投げ込んで上がるのを待った。そうこうしているうちに、さつきが本家から姿を消した。おそらく、父を殺した自分を、決して、わしが許さぬと怯えてのことであろう」

「いなくならなければ、どうなさるおつもりだったのです？」

「どの道、神隠しには遭っただろう。屋敷の奥にある座敷牢に閉じ込めて、血の絆を作り続けるつもりだった。父上を殺した咎は、老いて子が産めなくなった時に償ってもらう」

貞則は顔色一つ変えずに言い、

「だが、さつきに先手を打たれて逃げられたのが、返す返すも残念だ」

きりきりと歯嚙みの音を立てた。

――さつき様が、このような魔の手を躱《かわ》すことができたのは、せめてもの救いだ

「わしのよりどころだった父は死んだ。若くして座った三筋《みすじ》町の田島家分家の当主の座は、重くやりきれないものだった。日々、追われるように、体面維持のためのやりくり算段が続いた。父上もなさっていたことだからと、精進《しょうじん》はしてきたが、心の奥底にぽっかりと空いた穴は埋められない。父上が一緒であってこそ、あの前科者退治は楽しかったのだ。とても、一人でやれるものではなかった。とても、その気にはなれず、遠くなつかしい思い出になりつつあった」

――それで、幸いにも、この十五年間は何事もなかったのだな――

「そこへ、ある日、山本源左衛門の名で文が届いた。文には神田佐久間《かんださくま》町の蕎麦屋皐月庵の主喜八と、隆昌《りゅうしょう》寺の女師匠ゆりえの人となりや行状が書かれていて、〝この者たちは人気を得るためだけに善人ぶっているが、実は害虫であり、市井に潜む質《たち》の悪い奴らだ。根絶やしにせよ〟とあって、その方法がくわしく書かれていた。なにゆえか、この文に心が強く突き動かされるのを感じた。これが忘れていた生き甲斐なのだと思った。わしは父上の墓前に参じて、〝父上、やっとわたしもあなたの薫陶《くんとう》に花を咲かせることができます〟と告げた。それからは気分のよい日が続いている。文はまた、

届いた。今度は医者や口中医だった。〝偽りし名医たち〟と称されていた。そなたの名まで書かれていた時には驚いたがな――。仕留め損ねたそなたについては、〝こ奴《いっ》は捕り物の才もあり、いずれ貴殿に害が及ぶものと思うゆえ、即刻、処分せよ〟との報せがあった」

――わたしまで標的になっていたとは――

桂助は背筋だけではなく、全身が凍りつく思いであった。

――そして、常にわたしたちを見張っている者がいる――

貞則はにやりにやりと笑って、

「前歯に凶状を刻みつけるのも、数をこなすほどに上手《うま》くなった。ところで、なにゆえ、父上やわしが害虫たちの歯に彫り物をするのか、その理由がわかるか？」

桂助は黙って首を横に振った。

「山本源左衛門は前歯に銀を被《かぶ》せていて、それがお上の逆鱗《げきりん》に触れたとも伝えられている。死後、被せは骸から取り去られた。だが、これは残されていて、父上に譲られていた」

貞則は懐から小さな錐《きり》を取りだして手に持った。

「肉は朽ちても、歯は骨と同様残り続ける。そこで父上はこの錐で、前科者たちの魂に刻印を残し、永遠に悪を封じるべきだと考えたのだ。何という思慮の深さだろうかと感心する。もちろん、わしもそれを見倣っている。さて、いよいよだ」

見下ろして話をしていた貞則は、近づいて桂助の左側に座ると、桂助の首を押さえて、開いた膝の間に桂助の頭を押し込んだ。

「腐りきった口中医の魂とあらば、生きているうちに凶状を刻まねば、偽りし名医の咎を贖《あがな》えぬ。さあ、生きたまま歯が刻まれる痛みを、存分に味わうのだ」

桂助は観念したものと見せかけて目を閉じた。挟まれた頭部の力が緩むのを感じると、

「あなたが殺《あや》めた喜八さん、ゆりえ先生、道順先生、宗甫先生は、善人ぶっている害虫などではありません。害虫はあなたです」

と叫んで、思いきり、貞則の胸を突き飛ばした。

しかし、体勢が崩れたのは一瞬で、すぐに立ち直った貞則は刀を振り上げた。

「生意気な――」

貞則の刀が閃《ひらめ》いたのと、

「そうはさせぬぞ」

友田の声がして、その刀が返る音が続いたのはほとんど同時であった。

貞則はしばし、歯を食いしばって、板敷きの上に立ち尽くしていたが、ほどなく、だらりと右手が垂れ、刀を取り落とすと、へなへなとその場に膝《ひざ》をついた。

「桂さん」

友田の後ろに控えていた鋼次が駆け寄った。

「友田様」

桂助は友田に感謝の目を向けた。

「峰打ちだ、安心いたせ」

友田に言い渡された貞則は、

「殺せ」

真《ま》っ赤《か》に顔を染めて目を引き攣《つ》らせた。

「市井で起きたことゆえ、わしはお役目を果たしたまでのこと。後のことは知らぬ」

友田は淡々と続けて、

「縄を打て」

金五に命じた。

「神妙にしろ」

金五の声が甲高《かんだか》く鳴り響いた。

田島貞則は番屋へ曳《ひ》かれて行く途中で命を絶った。舌を嚙み切って果てたのである。桂助たちを見張り、貞則を操った者のことは何一つわからず仕舞いになった。

桂助は岸田を訪ねてこの経緯を伝えた。

岸田は、駿河台《するがだい》の田島家から家老土屋《つちや》十左衛門《じゅうざえもん》を呼び寄せ、本家の当主田島宗則《むねのり》に、分家の当主は外出先でしたたか酒に酔い、路上で躓《つまず》いて亡くなったと届けるよう勧めた。

貞則の骸は三筋町の分家に安置され、本家からは相当の金子《きんす》が、盛大な通夜、葬儀のために用意された。もちろん、これも岸田の入れ知恵であった。

貞則の葬儀が終わってしばらくすると、

「娘がお世話になりました。何と御礼を申し上げたらいいか――」

〈いしゃ・は・くち〉の桂助を、端麗《たんれい》できりっと面立《おもだ》ちの涼しい大年増が訪ねてきた。ひろと名乗った紙屋の女主は、今は町人の形《なり》をしているが、武家の出であることが所作でわかった。さつきの母千景《ちかげ》であった。

千景は、さつきが本家から抜け出すことができたのは、当時、自分が青物を売る老婆に化けて出入りして、裏門の見張りに誰も立たなくなる時を、教えることができたからだと話した。

「三筋町の田島家を出た後も、さつきとだけはつながりがありました。あの子にもう、これ以上、辛い思いをさせたくなかったのです」

千景は言葉少なく、さつきの家出を助けた理由を話した。そして、

「さつきは、突然、姿を消したことを、慈《いつく》しんで下さった宗則様にずっと申しわけないと申しておりました。ですから、元気に暮らしていることを伝えたくて、毎年、サツキの押し花を宗則様にお届けしていたのです。さつきのことは、田島本家の宗則様がついていてくださるので、もう、心配はありません。このまま市井で紙屋を継がせてもとは思っていたのですが、実の父とは雲泥《うんでい》の差の宗則様が、これほど、温かく熱心に探してくださっていたのですから、お心に添って、田島家三千二百石を立派に守り抜くべきだと思います。きっと、さつきならできましょう。先ほど、駿河台の田島家まで送ってまいりました。わたしはこの先、貞則やその父親に命を奪われた方々の供養に務めたいと思っています」

髪を下ろす覚悟を示した。

盂蘭盆会《うらぼんえ》が近づいている。

すでに、金五の祖母たみは道造の骸を引き取って、夫婦の墓に入れている。

「ばあちゃんはあの通りだから、道造さんが自分の思っていたように、一点の曇りもないってわかると、朝に夕に、おとっつぁん、おっかさんと同じように供養してる」

と金五は桂助や鋼次に告げた。


道順の葬儀の後、志保は〈いしゃ・は・くち〉へ足を向けなくなった。

薬草園の世話はいつしか、鋼次と桂助の共同作業になっている。

「いつになったら、この家を出ることができるんだい？」

何日か前に、鋼次は志保に訊いてみた。志保はずっと家に籠もったままでいる。

「木香薔薇はもう、とうに散っちまってるぜ」

前に同じことを訊いた時には、

「父上の好きだった木香薔薇が散って、形見の香りが無くなったら、きっと、もう、いないんだって、諦めがつくだろうと思うわ」

そう答えた志保だったが、

「木香薔薇はたとえ、花が散ってしまっても、葉は冬が来てもこのまま――。わたし、まだ、もう少し、父上のそばにいたいの。迷惑をかけてごめんなさいね」

寂しげに微笑んで、

「それに今でも、桂助さんの目、会うたびにわたしに詫びてる。〝下手人が捕らえられても、命は戻らない、すみません、すみません〟って。桂助さんが悪いわけではないのに。あれも辛くてたまらないの」

そっと呟いた。

この志保の言葉を鋼次は桂助に伝えなかった。

――たしかに桂さんはまだ、苦しんでいる――

治療の合間に桂助が見せる、苦悶と哀《かな》しみの表情を鋼次は見逃していなかった。

――志保さんだけじゃねえ、俺たち三人はこの先、どうなるんだろう――

鋼次には、ついこの間、共に楽しくそばがきを食べたことが、遠い昔のように思えていた。

――あの時、幸せには後ろ髪がついてねえって、志保さんは言ってたっけ――

「えりはすよ、えりはすよ」

「まこもや、まこもや、まこもや、ませがきや、ませがき」

盂蘭盆会を告げる、蓮《はす》売りと真菰《まこも》売りの声が交互に聞こえてきた。

あとがき

本著は口中医桂助シリーズの第十一作目です。

これまで同様、多くの先生方にご協力、ご助言を賜りました。日本歯内療法学会元会長の市村賢二先生と池袋歯科大泉診療所院長・須田光昭先生、日本歯学史のオーソリティー、愛知学院大学名誉教授の故榊原悠紀田郎先生、そして、江戸期の歯科監修を快くお引き受けいただいている、神奈川県歯科医師会〝歯の博物館〟館長の大野粛英先生、八十歳で二十歯を保有するための生活習慣を研究されておられる、愛知学院大学歯学部教授中垣晴男先生、房楊枝作りをご指導いただいた浮原忍氏、シンクライト代表取締役にして木床義歯に精通しておられる本平孝志氏、また貴重な江戸期の歯科資料をご紹介くださった先生方に、心より深く御礼申し上げます。

平成二十年、東京医科歯科大学大学院医歯学総合研究科教授須田英明先生の御推挙

により、第二十一回日本歯科医学会総会にて、座長市村賢二先生のもと、『口中医桂助の活躍』という題目で講演をさせていただきました。これもひとえに諸先生方のお力添えの賜物と感謝申し上げます。
また、ご声援いただいている全国の読者の皆様に、厚く御礼申し上げます。皆様のご期待に応えるべく、一層の精進を致してまいりますので、応援の程よろしくお願い申し上げます。

参考文献
大野粛英・羽坂勇司 共著『目で見る日本と西洋の歯に関する歴史』（わかば出版）
長谷川正康著『歯の風俗誌』（時空出版）

口中医桂助事件帖
南天うさぎ

シリーズ第1作

長崎仕込みの知識で、虫歯に悩む者たちを次々と救う口中医・藤屋桂助。その周辺では、さまざまな事件が。桂助の幼なじみで薬草の知識を持つ志保と、房楊枝職人の鋼次とともに、大奥まで巻き込んだ事件の真相を突き止めていく。

ISBN4-09-408056-2

口中医桂助事件帖
手鞠花おゆう

シリーズ第2作

女手一つで呉服屋を切り盛りする、あでやかな美女おゆうが、火事の下手人として捕えられる。歯の治療に訪れていた彼女に好意を寄せていた桂助は、それを心配する鋼次や志保とともに、彼女の嫌疑を晴らすために動くのだったが……。

ISBN4-09-408072-4

口中医桂助事件帖
花びら葵
シリーズ第3作

桂助の患者だった廻船問屋のお八重の突然の死をきっかけに、橘屋は店を畳んだ。背後に岩田屋の存在が浮かび上がる。そして、将軍家の未来をも左右する桂助の出生の秘密が明かされ、それを知った岩田屋が桂助のもとへ忍び寄る！

ISBN4-09-408089-9

口中医桂助事件帖
葉桜慕情
シリーズ第4作

桂助の名前を騙る者に治療をされたせいで、子供と妻を亡くした武士があらわれた。表乾一郎と名乗る男はそれが別人だと納得したが、被害はさらに広がり、桂助は捕われた。その表から熱心に求婚された志保の女ごころは揺れ動く。

ISBN4-09-408123-2

口中医桂助事件帖
すみれ便り

シリーズ第5作

永久歯が生えてこないという娘は、桂助と同じ長崎で学んだ斎藤久善の患者で、桂助の見たても同じだった。よい入れ歯師を捜すことになった桂助のまわりで事件が起こる。傷のない死体にはすみれの花の汁が。新たに入れ歯師が登場。

ISBN978-4-09-408177-0

口中医桂助事件帖
想いやなぎ

シリーズ第6作

鋼次の身に危険が迫り、志保や妹のお房も次々と狙われた。その背後には、桂助の出生の秘密を知り、自らの権力拡大のため、桂助に口中医を辞めさせようとする者の存在があった。一方、桂助は将軍家定の歯の治療を直々に行うことに。

ISBN978-4-09-408228-9

口中医桂助事件帖

菜の花しぐれ

シリーズ第7作

紬屋太吉の父と養父長右衛門との間には、お絹をめぐる知られざる過去があった。その二人が行方不明になり、容疑者として長右衛門が捕われる。そこには桂助をめぐる岩田屋の卑劣な陰謀が。養父を守るために桂助に残された道は？

ISBN978-4-09-408382-8

口中医桂助事件帖

末期葵

シリーズ第8作

岩田屋に仕組まれた罠により捕えられた養父長右衛門。側用人の岸田が襲われ、さらには叔母とその孫も連れ去られ、桂助は出生の証である〝花びら葵〟を差し出すことを決意する。岩田屋の野望は結実するのか？　長年の因縁に決着が。

ISBN978-4-09-408385-9

口中医桂助事件帖

幽霊蔽

シリーズ第9作

岡っ引きの岩蔵が気にする御金蔵破りの黒幕。桂助を訪ねてきたおまちの婚約者の失踪。全焼した屋敷跡には、岩田屋勘助の幽霊が出るという。幽霊の正体は？　事件の真相は？　一橋慶喜とともに、桂助は権力の動きを突き止めていく。

ISBN978-4-09-408448-1

口中医桂助事件帖

淀君の黒ゆり

シリーズ第10作

両手足には五寸釘が打ち込まれ、歯にはお歯黒が塗られて殺害されたのは、堀井家江戸留守居役の金井だった。毒殺された女性の亡骸と白いゆり、「絵本太閤記」に記された黒ゆり……。桂助は、闇に葬られた藩の不祥事の真相に迫る！

ISBN978-4-09-408490-0

和田はつ子

「宮坂涼庵」シリーズ（全二巻）

江戸時代に実在した医師、建部清庵をモデルにした、抒情ミステリー！

好評発売中！

藩医　宮坂涼庵

シリーズ第1作

領民に救荒植物の知識を普及させようとしている宮坂涼庵の志に共感したゆみえは、母譲りの医術の知識を活かして協力するようになる。しかし、宮坂に対する締め付けが厳しくなり……。医学をテーマに取り上げた、著者初の時代小説。

ISBN978-4-09-408238-8

続・藩医　宮坂涼庵

シリーズ第2作

藩を我がものにしようとする首席家老の横暴に抵抗する宮坂涼庵とゆみえは、ついに不正を見破った。しかし、それはゆみえの父・山村次郎助も巻き込んだ藩ぐるみの秘密を暴くことを意味していた。幕府への露見を恐れた涼庵は――。

ISBN978-4-09-408246-3

第十二回
小学館文庫小説賞
決定発表

◉受賞作 〈正賞〉記念品 〈副賞〉百万円
『マンゴスチンの恋人』
遠野りりこ（東京都、三十五歳）

◉優秀賞 〈正賞〉記念品 〈副賞〉十万円
『時計塔のある町』
古賀千冬（宮城県、二十七歳）

選考経過

第十二回小学館文庫小説賞は、二〇〇九年十月から二〇一〇年九月末日まで募集され、四百三十四篇のご応募をいただきました。
選考は応募作品の中から候補作を絞りこむ一次選考、候補作の中から最終候補作を選ぶ二次選考、そして小学館文庫小説賞受賞作を決定する最終選考の三段階を経て行われました。

一次選考を通過したのは以下の十五篇です。

『ジェットコースターガール』　李 周子
『Full of loneliness ～さびしさがいっぱい～』
　　　　　　　　　　コットン・ダグフィールド
『鳥居ノムコウノ神ノサト』　小林まもる
『たくさんのありがとう』　本間聡史
『伴天連忠臣蔵』　原 秀樹
『Repair』　古里 朔
『U-15の女神様』　山川陽実子
『マンゴスチンの恋人』　遠野りりこ
『カバディバビディブー！』　斎舞総一
『時計塔のある町』　古賀千冬
『ブラック&ブルー』　中川つちか
『のざらしのこえ』　青山弥央
『四海兄弟』　釣堀屋ひろし
『らくえん』　二ノ宮りん
『黒猫とワイシャツ』　吉祥寺キャリコ
　　　　　　　　　　（応募受付順）

一次選考を通過した十五篇の作品について、小学館出版局「文庫・文芸」編集部員による二次選考を行ない、文章力、テーマ、独創性、書き手としての将来性、読者への満足度などの観点から詳細に検討し、次の三篇が最終選考の対象となる候補作として選出されました。

☆第十二回小学館文庫小説賞最終候補作
『マンゴスチンの恋人』　遠野りりこ（東京都、三十五歳）
『カバディバビディブー！』　斎舞総一（愛媛県、三十歳）
『時計塔のある町』　古賀千冬（宮城県、二十七歳）

右記の三作品について、「小学館文庫」編集長を中心とした編集部員による最終選考会を開き、さらに議論を重ねた結果、遠野りりこさんの『マンゴスチンの恋人』を第十二回小学館文庫小説賞受賞作に、古賀千冬さんの『時計塔のある町』を優秀賞に選出しました。
遠野りりこさんには記念品と副賞百万円を、古賀千冬さんには記念品と副賞十万円お贈りし、受賞作は近日中に小学館より刊行いたします。ご期待ください。

受賞の言葉

『マンゴスチンの恋人』

遠野りりこ とおの・りりこ

一九七五年、東京都足立区生まれ。現在、会社員。二〇〇八年、「朝顔の朝」で第三回ダ・ヴィンチ文学賞読者賞を受賞する。著書には『朝に咲くまでそこにいて』(「朝顔の朝」を改題)、『工場のガールズファイト』がある。

このたびは私の書いた小説が賞を賜り、大変光栄にまた嬉しく思っております。選んでくださった関係者の皆様に御礼申し上げます。

三年前、文学賞の読者賞を賜り文庫本として出版していただきましたが、出した二冊とも初版止まりで次はなく、新人作家の期間は短く、気付けば「本を出したことのある人」になっていました。ですが、本となり書店に並び多くの人におもしろかったと思ってもらえる作品を書きたいという目標を諦めることはできず、会社勤めをしながら書いた小説を投稿した次第です。前回、賞をいただいたのは風俗嬢の話で、読んでくださった方によく「実体験ですか？」と訊かれました。しかし残念ながら、作中主人公のように中年男性を養う甲斐性を持ち合わせておりません。今回はセクシャルマイノリティの話を書いているのですが、これも実体験ではありません。作中主人公たちのように鮮烈な初恋の記憶を持ち合わせていない私が書いた恋愛小説ではありますが、初めて人を好きになった十代のきれいで真っ直ぐなだけに痛くもある気持ちを少しでも感じていただければ幸いです。

最後に、三月に発生した東北地方の震災で被害に遭われた皆様には心よりお見舞い申し上げます。私個人ができることは微小ですが、ライフラインの次に必要なもの、痛めた心を満たし癒せるもののひとつとなれる小説を書けるよう、不肖ながら努めてまいる所存です。

選評

○『マンゴスチンの恋人』　遠野りりこ

男女共学の公立高校に通う三人の女子学生と女性教師のそれぞれの物語。季里子は十七歳だがいまだ恋を知らず、深く悩んでいた。クラスメイトの男子生徒から繰り返し告白されてもその気になれなかったが、ある日出会った人妻・笙子と肌を重ねた後、彼女に心を動かされる。学校一の美少女である実森は、「自分は男でも女でもない」という現から身体の秘密を打ち明けられ、地味なオタクである彼と秘密の関係を持ち始める。援交の相手に脅迫されていた葵は、クラスメイトの天に助けを求めるが、逆に弱みを握られ彼の協力者となることを約束させられる。プライドの高い葵は屈辱を感じ彼を憎み始めるが、同時に不思議な感情が湧いてくる。生物教師の梢は同性愛者であることをカミングアウトするべきではないかと悩んでいた。受け持ちの女子学生（季里子）が付けていたアクセサリーを見て、梢はそれがかつて自分の元を去っていった恋人・笙子がつくったものであると直感する。

各章ごとに主人公を変えながら四つの物語が連作として描かれる。テーマはジェンダーとマイノリティ。どの物語もきちんと丁寧に人間関係が描写されていて好感が持てる。ひとつの学校にこれほどジェンダーの問題に悩む人間がいるだろうかと、リアリティに言及する意見もあったが、一人一人のキャラクターが表も裏も重層的に描かれているため、さほど状況設定の特異さは気にならない。もちろん著者はジェンダーの問題に立ち向かっているのだが、より広義に人が人を愛するとはどういうことなのかという真摯な問いかけがなされており、共感させられる部分は多い。最後の物語に全体を関係づける仕掛けが用意されているが、もう少し緊密に四つの物語を結びつける書き方はなかっただろうかという意見も出された。最終候補作中、もっとも安定した筆致と読む者を物語に引き込む語り口を評価し、当選作と決定した。

○『カバディバビディブー！』　斎舞総一

廃校予定の中学校に通う少女たちが、母校の名を世の中に知らしめようと「カバディ」というマイナーな競技を選んで部活動を始める。ガバディを選んだ理由は、これなら予選なしで全国大会に出場でき、母校の名前を全国区に押し上げられると考えたからだ。母校の廃校に心を痛める祖母のために、主人公の愛花は個性豊かなメンバーを集めて、計画通り全国大会に駒を進める。しかし、ローカルテレビの取材をきっかけに事態は思わぬ方向に進展。同じ村に住む「カバディ界の至宝」と呼ばれる元日本代表の玄海和尚のチームと勘違いされたところから、全国大会七連覇中の名門校と練習試合を闘う破目になる。果たして愛花たちは全国大会で真価を発揮することはできるのか。

まず「カバディ」というスポーツにスポットを当てていることが論議された。カバディに関する知識や情報は読んでいればかなりインプットされるのだが、実際の競技自体に関する描写が少なく、読者のリーダビリティにいまひとつ寄与していない。また試合の肝心な場面で、超常現象に頼るような展開があり、スポーツを軸としたせっかくの成長物語に水を差している。著者には筆力があり、勢いで読ませてしまう部分もあるのだが、ディテールに関してかなりの注文がついた。「カバディ」ではないものをテーマとして、ぜひもう一作、読んでみたい。残念ながら今回は大賞の選考からは外れた。

○『時計塔のある町』　古賀千冬

自分と自分を取り巻く世界に違和感をずっと抱いていた主人公の女性が、「時計町」と呼ばれる町にやってくる。町の中心には大きな時計塔があり、人々は、塔を境に北を「ヨル」、南を「アサ」と呼んでいた。彼女はヨルにあるメゾンに住みつき、いろいろな人と出会う。メゾンの管理人、ヨルの珈琲店の主人、アサにある紅茶の店の夫妻、そしてパン屋のおかみと娘。たくさんの人に会い、食べものを口にし、話をすることによって彼女の世界は徐々に外に向かって開かれていく。やがて彼女はヨルとアサという呼び名の由来に関する話にたどり着き、時計塔のあるこの町で生きていくことを決意するのだった。

いわゆる自分探しがテーマの小説。そこここにすでに書かれ発表されている小説の断片を見るような気もするが、野良猫や不思議な青年や開架書庫など、著者独自のテイストを感じさせるアイテムも登場する。文章も安定しており、言葉の選び方にもセンスを感じさせるものがある。ただ仮想空間を描いた一種のファンタジーであるため、この世界になじめない人間にはいささか退屈な感じもする。主人公が町に来るまでの理由も薄弱なものがあり、もう少し彼女のバックボーンを描かなければ、この町の話自体も成立しないのではないかという意見も聞かれた。とはいえ、最終候補の三作の中では、もっとも自分の世界を有した作品であり、一部熱烈に支持する編集者もあり、優秀賞とした。

小学館文庫小説賞　受賞作一覧

第一回	『感染～infection～』	仙川　環
（佳作）	『神隠し』	竹内　大
（佳作）	『枯れてたまるか探偵団』	岡田斎志
第二回	『秋の金魚』	河治和香
（佳作）	『ｉｆ』	知念里佳
第三回	『テロリストが夢見た桜』	大石直紀
第四回	『ベイビーシャワー』	山田あかね
（佳作）	『キリハラキリコ』	紺野キリフキ
第五回	『リアル・ヴィジョン』	山形由純
第六回	『あなたへ』	河崎愛美
第七回	受賞作なし	
第八回	『パークチルドレン』	石野文香
	『廓の与右衛門　控え帳』	中嶋　隆
第九回	『千の花になって』	斉木香津
（優秀賞）	『ある意味、ホームレスみたいなものですが、なにか？』	藤井建司
（佳作）	『秘密の花園』	泉スージー
第十回	『神様のカルテ』	夏川草介
第十一回	『恋の手本となりにけり』	永井紗耶子
第十二回	『マンゴスチンの恋人』	遠野りりこ
（優秀賞）	『時計塔のある町』	古賀千冬

―――本書のプロフィール―――

本書は、小学館文庫のために書き下ろされた作品です。

小学館文庫

口《こう》中《ちゅう》医《い》桂《けい》助《すけ》事《じ》件《けん》帖《ちょう》
かたみ薔薇《ばら》

著者　和《わ》田《だ》はつ子《こ》

二〇一一年五月十五日　初版第一刷発行

発行人　佐藤正治
発行所　株式会社　小学館
〒一〇一-八〇〇一
東京都千代田区一ツ橋二-三-一
電話　編集〇三-三二三〇-五八一〇
　　　販売〇三-五二八一-三五五五
印刷所――――大日本印刷株式会社

ISBN978-4-09-408614-0

時をも忘れさせる「楽しい」小説が読みたい！

第13回 小学館文庫小説賞 募集

【応募規定】

〈募集対象〉 ストーリー性豊かなエンターテインメント作品。プロ・アマは問いません。ジャンルは不問、自作未発表の小説（日本語で書かれたもの）に限ります。

〈原稿枚数〉 A4サイズの用紙に40字×40行（縦組み）で印字し、75枚（120,000字）から200枚（320,000字）まで。

〈原稿規格〉 必ず原稿には表紙を付け、題名、住所、氏名(筆名)、年齢、性別、職業、略歴、電話番号、メールアドレス(有れば)を明記して、右肩を紐あるいはクリップで綴じ、ページをナンバリングしてください。また表紙の次ページに800字程度の「梗概」を付けてください。なお手書き原稿の作品に関しては選考対象外となります。

〈締め切り〉 2011年９月30日（当日消印有効）

〈原稿宛先〉 〒101-8001　東京都千代田区一ツ橋２-３-１　小学館　出版局「小学館文庫小説賞」係

〈選考方法〉 小学館「文庫・文芸」編集部および編集長が選考にあたります。

〈当選発表〉 2012年５月刊の小学館文庫巻末ページで発表します。賞金は100万円(税込み)です。

〈出版権他〉 受賞作の出版権は小学館に帰属し、出版に際しては既定の印税が支払われます。また雑誌掲載権、Web上の掲載権及び二次的利用権(映像化、コミック化、ゲーム化など)も小学館に帰属します。

〈注意事項〉 二重投稿は失格とします。応募原稿の返却はいたしません。また選考に関する問い合わせには応じられません。

第11回受賞作
「恋の手本となりにけり」
永井紗耶子

第10回受賞作
「神様のカルテ」
夏川草介

第９回受賞作
「千の花になって」
斉木香津

第１回受賞作
「感染」
仙川 環

＊応募原稿にご記入いただいた個人情報は、「小学館文庫小説賞」の選考及び結果のご連絡の目的のみで使用し、あらかじめ本人の同意なく第三者に開示することはありません。